신호등 할머니와
풍선껌

신호등 할머니와 풍선껌

청소년 성장소설 십대들의 힐링캠프, 나다움(초등고학년)

[십대들의 힐링캠프®] 시리즈 NO.80

지은이 | 김태은
발행인 | 김경아

2024년 10월 8일 1판 1쇄 인쇄
2024년 10월 15일 1판 1쇄 발행

이 책을 만든 사람들
책임 기획 | 김경아
기획 | 김효정

북 디자인 | KHJ북디자인
표지 삽화 | 발라
경영 지원 | 홍종남
기획 어시스턴트 | 홍정욱, 한선민, 박승아
제목 | 구산책이름연구소
책임 교정 | 이홍림
교정 | 주경숙, 김윤지

종이 및 인쇄 제작 파트너
JPC 정동수 대표, 천일문화사 유재상 실장

청소년 기획위원
정가인, 양태훈, 양재욱

펴낸곳 | 행복한나무
출판등록 | 2007년 3월 7일. 제 2007-5호
주소 | 경기도 남양주시 도농로 34, 301동 301호(다산동, 플루리움)
전화 | 02) 322-3856 팩스 | 02) 322-3857
홈페이지 | www.ihappytree.com | bit.ly/happytree2007
도서 문의(출판사 e-mail) | e21chope@daum.net
내용 문의(지은이 e-mail) | tan1020@naver.com
※ 이 책을 읽다가 궁금한 점이 있을 때는 지은이 e-mail을 이용해 주세요.

ⓒ 김태은, 2024
ISBN 979-11-94010-06-7 (43810)
"행복한나무" 도서번호 : 185

차례

프롤로그 뚱뚱하고 못생긴 오똥민이 싫어!　　　6

1. 육상선수 연호　　　18

2. 우등생 정우　　　42

3. 유튜버 스타 희수　　　75

4. 부잣집 아이 재우　　　109

5. 나, 동민　　　151

에필로그 뚱뚱하고 못생긴 오똥민이 좋아!　　　171

뚱뚱하고 못생긴 오똥민이 싫어!

　내 이름은 오동민. 친구들은 '오똥민'이라고 부른다. 나는 내가 싫다. 왜냐하면 뚱뚱하고 못생겨서 아무도 나를 좋아하지 않기 때문이다. 일흔이 넘은 울 할머니를 빼고는 말이다.

　"오똥민! 안 일어나?"

　날카로운 엄마 목소리에 겨우 일어나 식탁 앞에 앉았다. 가끔은 엄마가 나를 부를 때도 오동민이 아니라 오똥민으로 들린다. 물론 잠이 덜 깨서 그렇겠지만.

힘겹게 한 숟가락 뜨고 있는데 어느새 옆에 온 엄마가 눈을 흘기며 말했다.

"너 이번에 수학 점수가 평균도 안 나왔더라. 어제 학원에서 문자 왔어."

갑자기 밥이 목에 걸리는 것 같았다. 모래알을 씹은 것처럼 입이 썼다.

"어멈아, 아침부터 공부 얘기냐? 이따가 집에나 오면 해라. 애 밥도 못 먹게."

다행히 할머니가 나오시면서 엄마가 무슨 말인가 더 하려다 그만두었다. 언제나 내 편을 들어주는 건 내가 제일 좋아하는 우리 할머니밖에 없다. 겨우 밥을 다 먹고 학교 갈 준비를 했다.

"학교 가면 선생님 말씀 잘 듣고 친구랑 싸우지 말고. 알았지? 숙제랑 준비물은 빠진 거 없지? 학교 끝나면 곧장 학원으로 가."

언제나처럼 똑같은 엄마의 잔소리를 뒤로하고 나가려는데, 할머니가 몰래 나를 부르더니 봉지 하나를 내밀었다.

"동민아, 공부하느라 힘들지? 단팥빵이여. 출출할 때 먹어."

"단팥빵?"

저번에 할머니랑 시장에 갔을 때 좋아하는 빵이라고 말했었는데, 기억하고 계시다가 사놓으셨나 보다. 역시 우리 할머니다. 살찐다며 간식을 못 먹게 하는 엄마한테 들킬까봐 조심스럽게 빵을 가방에 넣고는 할머니에게 손을 흔들고 밖으로 나왔다.

신호등 할머니와 **풍선껌**

"오똥민!"

뒤에서 창수가 부르는 소리가 들렸다. 창수와 나는 3학년 때부터 같은 반이라 꽤 친하다. 가끔 장난이 심해서 탈이지만 애들의 세세한 정보까지 전해주는 소식통이다.

"야, 그렇게 부르지 말라니까?"

인상을 팍 썼다. 오똥민이라니. 왜 내 이름을 오동민이라고 지어서 이런 수난을 당하게 하는지, 부모님이 원망스러울 만큼 나는 내 이름이 너무 싫다.

"싫은데?"

창수가 혀를 쏙 내밀고는 앞으로 뛰어갔다.

"너, 거기 안 서?"

잡으러 달려가는데 요즘 들어 살까지 쪄서 그런지 뛰기가 힘들었다. 창수는 약삭빠르게 횡단보도를 다 건너고는 나를 보고 히죽 웃었다. 나도 따라서 얼른 횡단보도를 건너려는데 삑~ 하는 호루라기 소리가 들렸다. 돌아보니 교통 지킴이 할머니가 나를 향해 빨간 봉으로 멈추라는 신호를 보내며 다급히 말씀하셨다. (나와 친구들은 교통 지킴이 할머니,

할아버지를 신호등 할머니, 할아버지라고 부른다)

"빨간 불인데 어딜 가려고?"

"아, 핫!"

갑자기 급정거해서 몸이 기우뚱했다.

"안녕하세요? 어? 처음 보는 신호등 할머니다."

"글쎄, 이 할머니는 왠지 너를 처음 보는 것 같지는 않구
나."

할머니는 날 잘 아는 것처럼 친근한 표정으로 바라보았다.

"그런데 지금 가면 지각 아니냐?"

"맨날 지각인데요, 뭘."

내 표정이 시무룩해 보였는지 할머니가 어깨를 토닥거려
주셨다. 조급한 마음으로 신호를 기다리며 할머니를 슬쩍
올려다보았는데, 역시 처음 보는 얼굴이다. 이제껏 보았던
신호등 할머니들은 보통 울 할머니만큼 나이가 많아 보였는
데, 이 신호등 할머니는 아주 멋쟁이다. 노란 조끼를 덧입은
건 똑같았지만, 화려한 꽃무늬 블라우스에 청바지를 입으셔
서 그런지 다른 할머니들보다 훨씬 젊고 세련되어 보였다.

신호등 할머니와 **풍선껌**

빨간 립스틱을 바르고, 주홍빛 선글라스에 'NLB'라고 새겨진 캡 모자까지 쓰고 있어, 언뜻 보면 울 엄마랑 비슷해 보일 정도다. 아마도 처음 오셔서 나를 다른 아이랑 착각하신 것 같다.

내가 처음 본 할머니를 잠시 탐색하는 동안 신호가 바뀌었다. 할머니가 내 어깨를 다시 토닥거리며 말씀하셨다.

"애야, 얼른 뛰어가거라. 어쩌면 지각은 면할지도 모르니까. 오늘도 재미있게 보내고."

나는 "네!" 하고 대답하는 동시에 횡단보도를 건너며 한 번 더 뒤돌아봤다. 인자하게 웃으며 손을 흔드는 신호등 할머니를 보니 우리 할머니가 생각났다.

재미나게 보내라는 신호등 할머니 말과는 달리, 역시 오늘도 엉망이었다. 수학 시간에는 문제를 못 풀어 망신당하고, 체육 시간에 이어달리기를 했을 때는 큰 차이로 거리가 벌어져 우리 팀 아이들로부터 원망 어린 시선을 받아야 했다. '내 꿈 발표하기' 시간에는 아직 꿈이 없다고 말했더니,

선생님 표정이 딱딱하게 굳어졌다. 내일 다시 발표할 테니 잘하거나 좋아하는 걸 생각해 오라는 말도 덧붙이셨다.

'치, 잘하는 게 있어야 뭘 생각하기라도 하지.'

절로 한숨이 나왔다. 난 우리 반 정우처럼 공부를 잘하는 것도 아니고 육상부 연호처럼 운동을 잘하는 것도 아니다. 벌써 유튜브 채널 구독자가 7만이나 된다는 희수처럼 외모가 괜찮은 것도 아니고, 그렇다고 재우처럼 집이 부자인 것도 아니다. 한마디로 나는 이름부터 마음에 안 드는 데다 뚱뚱하고 못생긴, 내세울 게 하나도 없는 애다.

학교를 나와 횡단보도 앞에 섰다. 양손으로 책가방 어깨끈을 잡고 신발코로 탁탁 땅을 찍었다. 나도 모르게 길게 한숨을 쉬었다.

"에고, 아직도 기운이 없나 보네."

목소리가 들리는 곳을 돌아보니 아침에 만났던 멋쟁이 신호등 할머니가 깃발을 들고 서 있었다.

"안녕하세요."

나는 꾸벅 인사를 했다.

"사는 게 쉽지 않지? 자, 이거 받아."

할머니가 안쓰럽다는 듯 내 얼굴을 찬찬히 보았다. 어딘지 모르게 우리 할머니랑 비슷한 느낌이 들었다.

"그게 뭔데요?"

"풍선껌이야. 특별한 거니까 먹을 땐 주의사항 잘 보고. 알았지?"

할머니가 묘하게 웃으며 말했다. 껌을 먹는 데 주의사항이라니, 황당했다. 껌을 받아들고 횡단보도를 건넜다. 다시 돌아보니, 신호등 할머니가 환하게 웃으며 손을 흔들고 계셨다. 나도 우리 할머니를 생각하면서 허리까지 굽히며 공손히 인사했다.

학원 수업까지 10분 정도 여유가 있었다. 횡단보도 앞 작은 소공원 벤치에 앉아 단팥빵을 먹으며 핸드폰으로 웹툰을 보았다. 그러다가 입이 텁텁해져 신호등 할머니가 준 풍선껌을 꺼냈다. 풍선껌은 하얀 바탕에 알록달록한 색깔로 '팡! 체인징 껌'이라고 쓰여 있었다. 내가 알고 있던 다른 풍선껌들과 크게 달라 보이는 건 없었다.

13

'이게 특별한 풍선껌이라고?'

다시 풍선껌을 들여다보니 아까 보지 못했던 문구가 보였다.

팡! 체인징 껌

'풍선껌을 크게 불어보세요.

당신이 바라는 모습으로 체인지 됩니다.'

  신호등 할머니와 **풍선껌**

고개를 갸웃거리고 있는데 소공원 공터에서 익숙한 이름이 들려왔다.

"연호야, 이쪽으로 패스해."

'연호? 우리 반 최연호?'

공터 쪽으로 다가가 나무 사이로 슬쩍 보니 연호와 다른 아이들이 축구를 하고 있었다. 연호는 학원에 다니지 않아서 노는 시간이 많다고 창수한테 들었던 게 떠올랐다.

'좋겠다, 연호는.'

학원도 안 가고 신나게 애들이랑 놀고 있는 연호가 부러웠다. 체육 시간, 이어달리기에서 짜릿한 역전승을 보여주었던 멋진 모습도 떠올랐다.

'휴, 나도 학원 안 가고 놀고 싶다.'

나는 연호를 보면서 빨간 점 사이 콕콕 박힌 풍선껌을 오물거렸다. 그런데 딸기 맛이 톡톡 터질 때마다 이상하게 조금씩 가벼워지는 기분이 들었다. 숨을 천천히 불어넣어 풍선껌을 크게 불어보았다. 풍선껌이 얼굴만큼 커졌다.

'우와, 이렇게 큰 풍선껌은 본 적이 없어.'

　　정말이었다. 내 얼굴만큼이나 커다란 풍선껌은 본 적도
들은 적도 불어본 적도 없었다.

　　"어? 어?"

　　그러다 풍선껌이 '팡' 하고 터졌다. 생각보다 큰 소리가
났다.

　　순간 나는 눈을 감았다.

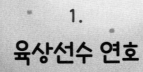

1.
육상선수 연호

"야, 패스 안 하고 뭐 해?

무슨 소리인가 싶어 소리 나는 쪽으로 고개를 돌렸다. 순
간 애들 두 명이 내 옆에 달라붙더니 공을 가로챘다. 이게
무슨 일인가 싶어 주변을 돌아봤다.

'여기가 어디지?'

재빠르게 주변을 살폈다. 공원 공터였다.

'이게 어떻게 된 거야? 내가 왜 여기에 있지?'

당황한 얼굴로 허둥대고 있는데 골대 근처에서 소리가

들렸다.

"골~인!"

몇몇 애들이 서로 얼싸안고 뛰고 있었다. 한 아이가 다가
오더니 잔뜩 찡그린 얼굴로 윽박질렀다.

"최연호! 뭐야? 패스하라니까. 너 때문에 공 뺏겼잖아."

'최연호?'

나는 얼른 내 모습을 훑어봤다. 얼굴을 볼 순 없었지만 분
명 달랐다. 긴 팔과 긴 다리에, 운동화도 내가 신던 게 아니
었다. 그러고 보니 회색 트레이닝 복에 파란 반팔 티셔츠가
오늘 연호가 입고 있던 옷이 확실했다. 너무 놀라서 입을 반
쯤 벌리고 멍하니 서 있는데, 축구공을 몰고 상대편 애들이
다가오고 있었다.

"야, 막아, 막아!"

'에이, 모르겠다. 일단 뛰고 보자.'

나는 얼른 따라붙었다. 그리고 두 애들 사이에 벌어진 빈
틈으로 발을 넣어 순식간에 공을 가로챘다.

'어라? 내가 이렇게 잘한다고?'

나는 공을 빼내 치고 들어갔다. 상대 수비수들이 가까이 붙었지만, 헛발질로 여유 있게 제치고 골대 깊숙이 공을 몰고 갔다.

"여기야, 여기!"

아까 나한테 윽박지르던 애가 팔을 높이 쳐들었다.

"받아. 간다!"

나는 수비하는 애들 사이로 공을 길게 패스했다. 팔을 높이 쳐들고 있는 그 애 앞으로 정확하게 공이 굴러갔다. 그 애는 굴러온 공을 오른발로 강하게 때렸다. 공은 그대로 골대로 빨려 들어갔다.

"골~인!"

"앗싸! 연호야, 좋았어."

그 애가 엄지를 치켜들었다. 나도 엄지를 세워 보였다.

"야, 1분 남았어. 하나만 더 넣자."

애들 말에 나는 바람같이 공을 향해 뛰었다. 몸이 깃털처럼 가벼웠다. 조금만 뛰어도 숨 가빠하던 내가 아니었다. 자신감이 붙은 나는 공을 몰고 골대 쪽으로 빠르게 치고 들어갔다.

'멋지게 골 한 번 넣어볼까?'

왠지 골을 넣을 수 있을 것 같았다. 나는 따라붙는 수비수를 따돌리고 재빨리 공을 코너로 몰고 갔다. 그리고 수비가 없는 틈을 타 오른발을 감아 골대로 공을 찼다. 정확하게 발에 맞은 공이 포물선을 그리며 날아가더니 골대 모서리로 쏙 들어갔다. 골망이 세차게 흔들렸다.

"우와! 골~인!"

애들이 소리를 질렀다. 내가 골을 넣다니, 짜릿했다. 나는 두 팔을 번쩍 들어 올렸다.

"역시 연호가 해낼 줄 알았다니까."

"대단해, 최연호!"

애들이 어깨를 치며 한마디씩 했다. 그렇게 뛰었는데도 별로 힘들지 않은 걸 보니, 정말로 내가 아닌 게 틀림없었다.

'그럼 진짜 내가 최연호?'

애들이 하나둘 학원에 간다고 빠지고, 아까 윽박질렀던 그 애만 남았다. 슬쩍 실내화 가방을 보니 이한결이라는 이름이 보였다.

"연호야, 집에 갈 거지?"

"어? 으응."

"너 왜 그래? 오늘 자꾸 멍해서는."

내가 머뭇거리자 한결이가 이상한 듯 쳐다봤다.

"아니야, 그냥 좀 힘들어서."

"요즘 육상부 훈련이 힘든가 보네."

한결이가 가방과 실내화 주머니를 건넸다. 연호 가방과
실내화 주머니인 것 같았다.

'연호네 집이 어디지?' 하고 생각하고 있는데 한결이가 물
었다.

"안 가?"

나는 일단 한결이를 따라 같이 걸었다.

"대회는 언제야?"

"대회?"

"지역 육상대회 있다며?"

"아, 그거. 언제였더라? 까먹었다."

"하여튼 못 말려."

한결이가 어이없는 듯 웃었다. 우리는 나란히 걷다가 파란 대문집 앞에서 한결이가 서길래 같이 멈춰 섰다.

"그럼 잘 가. 내일 보자."

"어? 여기….."

"너희 집이잖아. 또 장난치냐?"

한결이는 실내화 주머니를 가볍게 휘두르더니 손을 흔들고 멀어졌다.

'어떻게 된 거지? 우선 생각을 해야 해.'

그런데 목이 몹시 말랐다. 뛰어서 그런지 배도 고팠다.

'내가 정말 최연호가 되었다는 거지? 그럼 일단 연호 집에서 뭐라도 좀 먹고 생각해 보자.'

나는 파란 대문을 밀었다. 그런데 문이 잠겨 있었다.

'어쩌지?'

고민하다 혹시나 하고 연호 가방을 뒤져보니 앞주머니에 휴대폰이 있었다. 전화번호 목록을 검색하고 '엄마'라고 쓰여 있는 번호로 문자를 보냈다.

💬 엄마, 집 비밀번호가 뭐지? 갑자기 생각이 안 나서.

💬 얘가 정신을 어디에 두고 다녀?

연호 엄마가 한 소리 하더니 비밀번호를 알려줬다. 그대로 누르자 삐리릭 소리를 내며 문이 열렸다. 들어가도 괜찮겠지? 갑자기 걱정이 몰려왔지만, 집에 아무도 없어서 차라리 나을 것 같았다. 나는 들어가자마자 냉장고에서 시원한 물을 꺼내 마셨다. 그리고 눈을 돌렸는데 거울에 비친 내 모습이 보였다.

'세상에! 진짜 연호잖아?'

나는 멍한 채로 오늘 있었던 일을 천천히 곱씹어 봤다. 학교에서 수업을 마치고 횡단보도 앞에서 신호등 할머니를 만났지. 그리고 할머니한테 풍선껌을 받았고 소공원에서 연호를 보면서 풍선껌을 씹었는데…. 아, 맞다. 풍선껌! 갑자기 온몸에 오스스 소름이 돋았다. 문득 신호등 할머니가 특별한 풍선껌이라고 했던 말이 떠올랐다.

'정말 풍선껌 때문이란 말이야?'

나는 주머니를 뒤져보았다. 풍선껌이 그대로 있었다. 겉에 쓰여 있는 문구가 다시 눈에 들어왔다.

'풍선껌을 크게 불어보세요.

당신이 바라는 모습으로 체인지 됩니다.'

연호를 부러워하면서 풍선껌을 씹었는데…. 풍선껌이 터지면서 정말로 내가 연호로 바뀐 거였다. 심장이 벌렁거렸다.

'이제 어쩌지? 다시 풍선껌을 먹고 원래대로 돌아갈까? 아니야, 아까 봐봐. 멋지게 골인시킨 거. 그래, 연호처럼 한번 살아보는 거야. 언제 내가 그렇게 바람처럼 달리고 애들한테 인정도 받겠어?'

나는 일단 식탁에 놓인 바나나를 먹고 연호 방으로 갔다. 방을 둘러보니 최신형 게임기가 있었다.

'이게 웬 횡재?'

전원을 켜고 게임을 시작했다. 연호는 학원을 안 다닌다더니, 학교 끝나면 이렇게 집에 와서 게임을 실컷 하는 모양이었다.

'우와, 연호는 진짜 좋겠다. 그냥 이대로 살아도 좋겠는
걸? 이히히.'

한창 게임에 몰두해 있는데 휴대폰이 울렸다. 액정 화면
에 '육상부 코치님'이라고 뜨기에, 플레이 정지 버튼을 누르
고 전화를 받았다.

"여보세요?"

"최연호! 왜 안 와?"

"네?"

"육상대회 연습 있는 거 잊었어?"

"연습이요?"

"얼른 학교로 튀어 와!"

내가 뭐라고 대답할 사이도 없이 전화가 끊겼다. 아무래
도 단단히 화가 나신 것 같았다. 육상부 선생님은 우리 반
체육도 가르쳐주셔서 아는데, 화가 나면 진짜 무섭다.

'배 아팠다고 할까?'

뭐라고 대답해야 할지 걱정이 되었다. 호랑이처럼 무서

운 선생님 표정이 떠올랐다. 나는 더 생각할 겨를도 없이 얼른 학교로 후다닥 뛰어갔다.

도착하니 육상부 애들이 모여서 훈련을 하고 있었다.

"왜 늦은 거야?"

선생님이 얼굴을 찡그렸다.

"어, 어…."

말이 잘 나오지 않았다. 아프다고 말하려고 했는데 거짓말을 하려고 하면 난 얼굴부터 빨개져 버린다. 내가 얼버무리자 선생님이 얼굴을 찡그렸다.

"대회가 코앞이야. 연습에 더 신경 써. 알았지?"

"네."

애들이 훈련 중이라 그런지 다행히 더 뭐라고 하시지는 않았다.

그 뒤로 나도 아이들 틈에 끼어 훈련을 받았다. 우선 스트레칭으로 몸을 풀고 기초체력 훈련을 했다. 무릎 정도 오는 허들을 놓고 점프 연습과 구간 반복 달리기가 이어졌고, 연

달아 줄넘기 1,000개를 넘었다. 계속된 연습에 온몸이 금세 땀으로 젖었다. 그리고 실전 달리기를 하러 모두 운동장으로 모였다.

"달리기는 자세가 중요해. 올바르게 달리지 않으면 기록도 기록이지만 부상을 입을 수 있어. 그러니까 항상 자세를 생각하면서 달려야 한다."

코치님이 직접 시범을 보인 후 한 사람씩 달렸다. 드디어 내 차례였다.

"좋아. 허리를 많이 숙이지 말고, 발은 착지할 때 수평으로 땅에 닿게 하고. 발 중간 부분으로 착지하는 느낌으로. 그렇지. 무리하게 내려찍지 말고. 호흡에 신경 쓰고."

코치님은 옆에서 같이 뛰면서 자세를 고쳐주었다. 나는 코치님이 말한 대로 신경을 쓰며 달렸다.

"자, 이번에는 기록을 재면서 뛰어본다."

코치님 말에 우리는 모두 출발선에 섰다. 내 차례가 되자 나는 힘껏 발을 구르고 허리를 살짝 숙인 채 앞만 보고 달렸다. 달리면서 팔을 세차게 흔들어 보폭을 넓혔다. 숨이 턱까지 차오르는 것 같았다.

"0.5초 단축!"

코치님이 외쳤다. 죽을 것처럼 힘들었는데, 기록이 줄었다는 말에 금방이라도 날아갈 것처럼 기분이 좋아졌고 몸도 가벼워지는 것 같았다. 시원한 바람에 머리칼이 날렸다. 상쾌했다.

"대회가 코앞이다. 매일 꾸준히 연습하고, 특히 부상 조심하고! 육상부는 학교를 대표해서 나가는 거니까 긍지를 가지고 마지막까지 최선을 다하자."

'학교 대표로 나간다고? 내가? 대표는 한 번도 되어본 적이 없는데.'

가슴이 벌렁거렸다. 내가 왠지 중요한 사람이 된 것 같았다.

'역시 연호로 살길 잘했어. 아니었으면 지금쯤 학원에 앉아서 문제나 풀고 있을 거 아냐.'

나도 모르게 휘파람이 나왔다.

다음 날 우리 반 교실에 갔다. 혹시 애들이 알아볼까 싶었는데 아무도 눈치채지 못했다. 슬쩍 내 자리로 눈을 돌려보니 비어 있었다.

"선생님, 동민이 안 와요?"

누군가 물었다. 어떻게 된 일인지 선생님은 내가 체험학습으로 며칠 동안 안 나온다고 말씀하셨다.

'저 여기 있어요.'

하마터면 그렇게 말이 나올 뻔한 걸 꾹 참았다. 난 계속 연호의 삶을 맘껏 누리고 싶었으니까. 아무도 알아채지 못한 게 재미있어서 히죽히죽 웃음이 새어 나왔다.

연호로 사는 건 아주 만족스러웠다. 학교가 끝나면 애들이랑 놀고, 공부도 힘들게 하지 않으니 좋았다. 무엇보다 운동을 잘해서 애들이 서로 자기 팀에 나를 데려가려고 했다. 그럴 때마다 괜히 어깨가 으쓱했다. 연호가 되지 않았으면 절대로 느껴볼 수 없는 일이었다.

하지만 대회 날짜가 다가오면서 훈련이 점점 더 힘들어졌다. 다른 아이들이 학교에 오기 한 시간 전부터 등교해서

운동하고, 수업을 마친 뒤에도 또 연습을 해야 했다. 비가 오는 날에도 쉴 수 없었다.

"육상은 1초로도 승부가 갈리는 종목이야. 연습을 게을리 하면 바로 기록에서 보이지. 그러니까 집중해. 알았지?"

코치님은 매일 같은 말을 했고, 달리고 나면 녹초가 되었다. 그렇다고 아무것도 잘하는 게 없었던 원래 모습으로 돌아가고 싶지는 않았다. 돌아가더라도 한 번쯤은 학교 대표로 나가보고 싶었다. 그리고 연호가 되어서 그런지, 몸은 힘들어도 달리는 게 그냥 좋았다. '나의 꿈' 말하기에서 달리는 게 좋아 육상선수가 되고 싶다고 했던 연호의 모습이 떠올랐다. 이번 대회에서 꼭 좋은 성적을 거둬 그 꿈에 한 발 더 다가갈 수 있으면 좋겠다는 생각이 들었다.

드디어 대회 날이 왔다. 대회가 열리는 경기장에는 초등학교와 중학교 선수들, 학부모, 선생님들까지 정말 많은 사람이 모여 있었다. 우리는 코치 선생님을 따라 한곳에 자리를 잡았다. 선생님이 검은색 조끼를 나누어 주었다. 조끼에 적힌 우리 학교 이름을 보니 내가 대표로 나왔다는 사실이 새삼 실감 났다. 꼭 잘해서 메달을 따고 말겠다는 욕심이 생겼다.

준비 체조를 하고 몸을 풀면서 순서를 기다렸다. 기다리는 동안 긴장을 풀어보려고 애들이랑 장난도 치고 다른 학교 선수들이 뛰는 걸 구경하기도 했지만, 자꾸만 마음이 벌렁거렸다.

'800미터 경기가 곧 시작됩니다.'

안내 방송이 울렸다.

"연호야, 준비해!"

코치님 말에 트랙으로 향했다. 심장이 튀어나올 것 같아서 길게 숨을 뱉었다. 나는 5번 레인에 섰다. 하얀색 출발선을 보니 마음이 다시 두근거렸다.

'지금까지 열심히 했잖아.'

나는 아랫입술을 지그시 물었다. 그리고 자세를 바로잡았다.

'탕!'

출발 신호에 다리를 앞으로 뻗었다. 출발하자마자 레인 바깥쪽에서 안쪽으로 파고들며 앞의 아이를 따라잡았다. 그러고는 더 속도를 내서 또 한 명을 따라잡았다. 아직 앞에 두 명의 선수가 더 있었다. 트랙을 돌면서 안쪽으로 파고들려고 했지만 여의치가 않았다.

'조금만, 조금만 더!'

숨이 턱에 닿을 만큼 달렸지만, 간격이 좁혀지지 않았다. 앞만 보면서 이를 더 악물었다. 이제 100미터만 더 가면 된다. 나는 다리에 있는 대로 힘을 주고 속도를 냈다. 그런데 무리하게 움직인 게 문제였는지 오른 다리가 아파오기 시작했다. 호흡도 자꾸 흐트러졌다. 그사이 뒤에 있던 아이들이 하나둘 앞질러 나갔다.

결국, 나는 뒤에서 두 번째로 결승점에 들어왔다. 나는 그 자리에 철퍼덕 주저앉았다.

"연호야, 괜찮니?"

코치님이 뛰어와 걱정하는 얼굴로 물었다. 절대 울지 않을 거라 마음먹었는데 다짐과 다르게 눈물이 나왔다. 아픈 다리를 절뚝이며 일어섰다. 예선 탈락으로 본선 경기는 꿈도 못 꾸게 되었다. 그동안 땀 흘리며 연습했던 게 다 소용없어져 버린 거다.

'괜찮아, 괜찮아.'

속으로 계속 되뇌었지만 마음은 그렇지 않았다. 땀을 흘린 만큼 좋은 결과가 있을 거라고 생각했는데, 그동안의 노력이 모두 물거품이 된 것 같아 속상했다.

경기장에서 먼저 나와 엄마와 병원에 갔다. 운전하는 동안에도 엄마는 아무런 말이 없었다. 간간이 한숨 소리만 들려왔다.

"무리하게 몸을 움직였나 보네요. 허벅지 근육이 늘어난 것 같습니다. 당분간 충분히 쉬고 냉찜질 많이 해주세요. 계속 통증이 있으면 다시 병원에 오고요."

다행히 큰 부상이 아니라는 의사 선생님 말씀에 엄마는 안심하는 얼굴이었다. 하지만 여전히 표정이 굳어 있었다. 병원에서 냉찜질과 물리치료를 받고 집으로 갔다. 집에 가

는 동안에도 엄마는 말이 없었다. 괜히 눈치가 보였다.

대충 씻고 방에 누웠다. 딱히 할 일도 없고, 시합 때문에 기분도 별로라 게임기를 집어 들었다. 거실에서 엄마가 누군가와 통화하는 소리가 들렸다. 간혹 내 이름이 들리기는 했지만, 신경 쓰지 않았다. 게임을 하고 있는데 갑자기 엄마가 들어왔다. 나는 눈치가 보여 슬쩍 게임기를 내려놓았다.

"연호야."

엄마가 부르더니 잠시 아무 말이 없었다. 나지막한 목소리에 긴장이 되었다.

"너, 달리기 그만둬."

"뭐?"

갑작스러운 말에 눈이 동그랗게 떠졌다.

"달리기 그만하라고."

"왜?"

"다리도 부상이라 당분간 못 뛰잖아. 코치님한테도 못 한다고 했어."

"조금만 쉬면 되는데 왜 엄마 맘대로 그래?"

상의도 없이 갑자기 엄마 마음대로 그만두라니 화가 났다. 달리기는 연호의 꿈인데, 이렇게 그만둘 수는 없었다.

"너 운동이 얼마나 힘든 건지 알기나 해? 그 길이 얼마나 좁은데, 네가 순위 경쟁에서 살아남을 수 있어? 오늘 기록도 봐봐."

순위, 경쟁, 기록이라는 말에 고개가 아래로 떨어졌다.

"경쟁에서 밀린 운동선수는 살아남을 수가 없어. 작년에도 예선 탈락이었고 올해도 똑같잖아. 네가 학교에서는 잘할지 모르지만, 지역에만 나가도 이렇게 밀리잖아. 전국대회에 나가면 잘하는 애들이 훨씬 더 많을 거고. 그런데 어떻게 운동을 계속해?"

엄마 목소리가 커졌다. 뭐라고 대꾸해야 하는데 딱히 할 말이 생각나지 않았다.

사실 훈련할 때마다 코치님은 달리기할 때 순위에서 이기려고 하기보다는 자신의 기록을 단축하는 데 의미를 두라고 했다. 하지만, 오늘 경쟁에서 밀려나 보니 그렇지 않았다. 결과적으로 순위에 들지 못하면 모든 노력이 수포로 돌

아가는 게 사실이었다. 아무리 달리기를 좋아한다고 해도 과연 나보다 잘하는 아이들 사이에서 계속 그렇게 웃으면서 달릴 수 있을지 의문이 들었다.

하지만 갑자기 달리기를 그만둔다는 건 말이 되지 않았다. 연호가 되어보니 알 수 있었다. 연호는 달리는 걸 정말로 좋아한다는 걸.

"그래도 달리는 게 좋단 말이야."

엄마 눈치를 보며 겨우 말했다. 목소리가 괜스레 떨렸다. 엄마가 한숨을 쉬었다.

"그렇게 좋으면 일단 취미로 해. 그리고 취미로라도 달리기를 하려면 이제라도 공부 시작하고. 그동안 학원도 안 다니고 놀기만 하니까 성적이 형편없잖아. 학원 등록할 테니 그렇게 알고 내일부터는 학원에 다녀."

내가 뭐라고 대꾸하기도 전에 엄마가 자리에서 일어났다. 그리고 나를 물끄러미 보더니 말했다.

"연호야, 실력도 실력이지만 엄만 너 운동하는 거 싫어. 오늘처럼 운동하다 다치는 것도 이제 그만하면 좋겠어."

걱정 가득한 엄마 얼굴을 보니 뭐라고 더 말할 수가 없었다.

엄마가 방문을 닫고 나갔다. 가슴이 답답했다. 어떻게 해야 할지 아무런 생각도 나지 않았다. 연호처럼 운동만 잘하면 마냥 행복할 줄 알았는데 아니었다. 힘든 훈련 과정을 견뎌야 하고, 언제든 부상을 당할 수도 있다. 매번 피나는 노력을 해도 더 잘하는 선수가 나올 수 있고, 순위 경쟁에서 밀려날 수도 있다.

작년에 연호는 지역 예선에서 탈락했었다고 했는데 자신보다 잘하는 애들이 많다는 걸 알았을 때 어땠을까? 그저 뛰는 게 좋아서 육상선수가 되고 싶은 건데, 그 마음만으로는 달릴 수 없는 걸까? 그런 생각을 하니 마음이 착잡했다.

'연호도 힘들었겠다.'

마음에 무거운 돌 하나가 얹혀 있는 것 같았다.

다음 날 엄마가 말한 수학 학원에 갔다. 달리기를 계속하려면 일단 공부도 해야 했다. 학원 선생님이 처음이라 테스

트를 받아야 한다며 문제가 가득한 시험지를 내 앞에 펼쳐 놓았다.

'연호로 살면 수학 문제를 다시는 안 볼 줄 알았는데.'

절로 한숨이 나왔다. 문제를 봤지만 풀 수 있는 게 별로 없었다. 머리가 빙글빙글 돌고 배가 슬슬 아팠다. 연필을 입에 물고 있다 무심코 고개를 들었는데 아는 얼굴이 보였다.

"어? 쟤는?"

우리 반 정우가 있었다. 선생님이 나를 따라 고개를 돌려 쳐다보더니 활짝 웃으며 말했다.

"정우를 아나 보네."

"학교에서 같은 반이에요."

"그래? 정우는 벌써 고등수학 들어갔어. 학원에서 주는 장학금도 놓친 적이 없다니까."

어느새 선생님 얼굴에 미소가 번졌다. 정우를 보니 절로 웃음이 나오는 것 같았다. 그러다 아차 싶었는지 내 눈치를 살피며 말했다.

"연호도 이제 시작하면 돼. 정우처럼 되지 말라는 법 있겠니? 호호호."

말은 그렇게 하셨지만, 선생님 얼굴은 전혀 그렇게 생각하는 것 같지 않았다.

그러고 보니 정우는 오늘 학교에서도 수학 문제를 잘 풀었다고 담임 선생님한테 칭찬받았다. 아마 집에서도 그렇겠지? 매일 상장을 휩쓸어 오니까.

학생이 공부를 잘하면 누구에게나 인정받는다. 어른들은 공부가 1등이면 착한 것도 1등, 스스로 하는 것도 1등, 아무튼 모든 게 1등이라고 생각한다. 숙제 검사를 할 때도 담임 선생님은 정우 자리는 가끔 쓱 지나친다. 당연히 해 왔겠지, 하고 생각하는 거겠지. 어른들뿐만이 아니다. 공부를 잘하면 다른 애들도 쉽게 무시하지 않는다.

'휴, 정우처럼 살면 누구에게나 인정받고 행복하겠지.'

정우처럼? 불현듯 껌 생각이 떠올라 주머니를 만져보았다. 풍선껌이 만져졌다.

'그래, 연호 말고 정우로 살아보는 거야. 정우가 되면 이런 수학 문제쯤 식은 죽 먹기일 거 아냐.'

나는 선생님이 나간 사이 풍선껌 네 개 중 하나를 골랐다. 분홍색 겉껍질을 벗기니 하얀 바탕에 작은 분홍색 점들이 콕콕 박혀 있었다. 얼른 껌을 입에 넣었다.

'무슨 맛일까?'

씹어보니 달콤한 복숭아 향이 코안으로 들어왔다. 상큼한 맛에 입안 가득 침이 고였다. 나는 정우를 몰래 쳐다보면서 풍선껌을 오물오물 씹었다. 딸기 맛 풍선껌을 먹었을 때처럼 몸이 점점 가벼워지는 기분이 들었다. 껌이 말랑말랑 부드러워졌을 때 풍선을 불어봤다. 조금 커지다 터지기를 여러 번, 드디어 풍선껌이 내 얼굴만큼 커졌다.

그리고 어느 순간,

'팡' 소리를 내더니 터져버렸다.

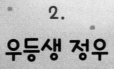

2.
우등생 정우

사각사각 연필 소리가 들렸다. 슬며시 고개를 들고 주변을 둘러봤다. 애들 여러 명이 책상에 앉아 무언가를 열심히 적고 있었다. 앞에 앉은 선생님이 손목시계를 들여다보고 있었다. 나는 얼른 내 모습을 훑어봤다. 조금 전 입고 있던 옷이 아니었다. 정우가 된 게 틀림없었다. 정우를 봤던 수학 학원 교실이었다.

"10분 남았다."

앞에 앉아 있는 선생님이 말했다.

"벌써요?"

"문제 많이 남았는데."

여기저기에서 걱정이 담긴 애들 목소리가 들려왔다. 연필을 놀리는 손길이 더 빨라졌다. 내 책상에도 수학 시험지가 놓여 있었다. 두 장의 시험지는 거의 다 풀려 있었고 네 문제가 남았다. 문제에는 '최고 난이도'라고 쓰여 있고 별이 다섯 개나 그려져 있었다.

"최고 난이도?"

평소 같으면 대하지도 못할 문제였다. 난 문제를 읽어봤다. 그런데 이상하게도 읽자마자 어떻게 풀어야 하는지 머릿속에 풀이 과정이 번뜩 떠올랐다. 생각한 대로 시험지에 문제를 풀었다.

'우와, 답이 있다!'

내가 풀어낸 답이 보기 중에 있었다. 수학 한 문제를 풀려고 해도 한참 걸리거나 어찌어찌 풀어도 답이 없는 경우가 대부분이었는데. 최고 난이도 문제를 이렇게 쉽게 풀다니, 너무 신기했다. 나머지 문제들도 마찬가지였다. 문제를 읽으면 풀이 과정이 머릿속에 자연스럽게 떠올랐고, 계산 실수를 하지 않으면 보기 중에 답이 있었다. 문제가 술술 풀리니 신이 났다.

'역시 정우가 되길 잘했어. 내가 어떻게 이런 문제를 풀 수 있겠어?'

주관식 문제까지 다 풀었다. 아직 2분 정도가 남았다. 다른 애들을 슬쩍 보니 아직 다 못 푼 애들이 많았다. 문제와 씨름하느라 끙끙거리는 애도 있고, 연필을 굴리는 걸 보니 답을 찍는 애도 있었다.

"그만."

선생님 말씀에 아이들이 짧게 탄식하는 소리를 냈다. 다들 얼굴이 벌겋게 상기되어 있었다.

'자, 그럼 정답을 확인해 보자."

선생님이 차례대로 답을 부르자 다들 각자 자기 시험지를 채점했다.

'이게 무슨 일이냐.'

선생님이 답을 부를 때마다 시험지에 동그라미가 늘어갔

신호등 할머니와 풍선껌

다. 평소 내 시험지 위에는 기분 나쁜 비만 주룩주룩 내렸는데, 이번에는 동그란 해가 반짝거렸다. 입꼬리가 자꾸만 실룩거렸다.

"혹시 다 맞은 사람?"

선생님이 교실을 둘러보며 말했다. 이렇게 어려운 시험을 다 맞은 애가 있겠어? 하는 말투였다. 나는 손을 들었다. 선생님 눈이 휘둥그레졌다.

"정우야, 정말 다 맞았어?"

"네."

내 말에 다른 애들이 모두 놀란 눈으로 쳐다봤다.

"최고 난이도 문제들이라 굉장히 어려웠을 텐데, 잘했다."

선생님이 감탄한 얼굴로 말했다.

"진짜, 인간이 아니라니까."

"어떻게 저럴 수가 있어?"

애들 표정에 질투와 부러움이 동시에 일었다. 자꾸 우쭐대는 마음을 진정시키느라 힘이 들었다.

'정우는 맨날 이런 기분일 거 아냐. 나도 한번 누려보는 거야. 히히.'

묘한 흥분이 일었다.

💬 정우야, 엄마 학원 건물 지하에 있어. 수업 끝나면 내려와.

정우 엄마한테 문자가 와 있었다. 집에 어떻게 가야 하나 걱정했는데 다행이었다. 나는 다 맞은 시험지를 기분 좋게 가방에 넣고 엘리베이터를 탔다. 승강기 안에서도 흘끗흘끗 쳐다보는 애들 시선이 느껴졌다. 왠지 대단한 사람이 된 것 같아 기분이 좋았다. 주차장에 가니 빨간 차 한 대가 내 앞에 멈춰 섰다.

"수학 평가 있다더니 잘 봤어?"

엄마는 보자마자 수학 평가 이야기를 했다. 난 얼른 시험지를 꺼내 내밀었다. 엄마 표정이 대번에 환해졌다.

"잘했네. 우리 아들."

엄마 목소리 톤이 높아졌다. 활짝 웃더니 뒷좌석에 있는

종이 가방을 가리키며 말했다.

"거기 비타민이랑 홍삼 있어. 과일이랑 김밥도 있으니까 가는 동안 천천히 먹어."

"응."

홍삼은 비싸다며 우리 집에서는 아빠만 드시는데, 정우는 엄마가 이런 것도 챙겨주시나 보다. 쓴 홍삼에 얼굴이 찌푸려졌지만, 이런 대접을 받으니 내가 굉장히 중요한 사람이 된 것 같아 어깨가 으쓱해졌다. 김밥에 과일까지, 하나도 남김없이 다 먹었다.

"다 왔어. 여기 가방."

엄마가 내리지 않고 가방을 건네주었다. 가방에는 '매일 영어'라고 쓰여 있었다.

'집에 가는 거 아니었나?'

"끝나면 엄마가 데리러 오는 거 알지? 얼른 올라가. 차 막혀서 수업 시간 거의 다 됐어."

나는 일단 가방을 들고 내렸다. 집에 가서 쉬고 싶었는데 수학 학원 끝나니까 바로 이어서 또 영어 학원이라니. 내리자마자 빨간 차는 요란한 소리를 내며 사라졌다. 건물을 올려다보니 4층 유리창 앞에 '매일 영어'라고 쓰여 있는 간판이 보였다. 가방을 든 팔에 기운이 쭉 빠지는 것 같았다. 어깨를 축 늘어뜨리고 엘리베이터를 타고 올라갔다.

"정우 왔구나."

학원 문을 열고 들어가자마자 안경을 낀 젊은 선생님이 반갑게 맞아주었다. 고개를 꾸벅 숙여 인사했다.

"같이 가자."

선생님은 여러 개의 교실 중 한 곳으로 들어갔다. 아마 담당 선생님인 것 같았다. 교실에는 다섯 명의 애들이 둥글게 앉아 있었다.

"저번에 국제 말하기 대회 나갔던 거 알지? 기쁘게도 우리 반에 수상자가 둘이나 있네. 오늘 학원으로 상장이 와서 전달할게. 이름 불린 사람은 앞으로 나와."

아이들이 기대하는 눈빛으로 서로를 쳐다보았다.

"존, 그리고 마이클."

한 아이가 '앗싸!' 하고 소리치며 앞으로 나갔고, 선생님

  신호등 할머니와 풍선껌

이 나를 보더니 손짓했다. 옆에 앉은 애가 내 책상을 가볍게 두드렸다.

"마이클, 나가."

아마 정우의 영어 이름이 마이클인가 보다. 나는 엉거주춤 일어나 앞으로 나갔다.

"마이클! '위 학생은 국제 영어 말하기 대회에서 위와 같이 우수한 성적으로 입상하였기에 이 상장을 수여합니다.' 최우수상 받은 거 축하해!"

선생님은 한글 아래 쓰인 영어 문장도 다시 한번 멋지게 읽어주시곤 상장과 유리로 만든 상패를 건네주었다. 상패가 꽤 묵직했다. 앉아 있는 애들이 손뼉을 쳤다. 같이 나온 존이라는 애도 상장과 상패를 받았다. 자리로 들어가니 옆에 앉은 애가 상패를 보며 작게 물었다.

"나 한 번만 만져봐도 돼?"

나는 선심 쓰듯 상패를 건넸다.

"와, 진짜 멋있다."

그 애가 상패를 이리저리 돌려보며 혼자 중얼거렸다. 어딜 가나 부러움의 대상이 되는 아이, 최정우. 역시 정우로 살기를 잘했다는 생각이 또다시 들었다.

수업을 마치고 나오니 학원 게시판의 '학원을 빛낸 우수 어린이' 코너에 내가 받은 상장을 복사한 종이가 붙어 있었다. 어깨에 힘이 들어가고 자꾸만 거기에 시선이 갔다.

건물 밖으로 나오니 아까 내렸던 곳에 빨간 차가 다시 기다리고 있었다. 차를 타고 시간을 보니 벌써 9시였다. 수학에 영어까지, 쉴 틈 없이 수업을 받고 나니 피곤이 몰려왔다. 그래도 100점짜리 수학 시험지와 영어 상장과 상패를 보니 흐뭇하기만 했다. 공부로 인정받기는 처음이었다. 비록 오동민의 이름은 아니지만, 어쨌든 지금 나는 최정우니까.

정우 집은 꽤 넓었다. 거실에는 소파와 텔레비전, 그리고 커다란 장식장이 있었는데 장식장 안은 온통 정우가 받은 상장과 메달, 상패로 꽉 차 있었다.

'저걸 언제 다 받은 거야? 나는 달랑 상장 하나뿐인데.'

저절로 입이 벌어졌다. 엄마는 싱글벙글 웃으며 영어 상

장과 상패를 장식장 빈 곳에 세워두었다.

"정우야, 영어 말하기 대회 너만 상 받은 거야?"

"아니, 한 명 더 있었는데."

"그래? 걔는 뭐 받았어? 우수상?"

"어? 잘 모르겠어."

"그래?"

왜 그런지 모르지만, 엄마는 살짝 실망스러운 표정이 되었다.

늦게야 저녁을 먹고 방에 들어와 침대에 벌렁 드러누웠다. 엄마는 아빠한테 전화해 내가 상장 받은 일을 자랑하고 있었다. 웃음소리가 내 방까지 다 들렸다. 정우가 공부를 잘하니까 정우네 집에서는 맨날 저런 웃음소리만 들릴 것 같았다.

"정우야, 일어나!"

엄마 목소리에 눈을 떴다. 깜박 잠이 들었나 보다.

"알림장 줘봐."

"알림장?"

"그래, 너 숙제는 다 하고 자는 거야?"

숙제라는 말에 정신이 번쩍 들었다. 알림장을 폈더니 이런 문구가 있었다.

* 독후감상문 대회에 참가를 희망하는 학생은 내일까지 원고를 제출해 주세요.

희망하지 않으면 할 필요가 없으니, 나는 엄마한테 숙제가 없다고 했다.

"독후감상문 대회 있지 않아? 학교 알림 앱에 뜨던데."

"그거? 희망자만 하는 거라서 안 해도 돼."

"무슨 소리야? 대회라는 데 당연히 해야지."

엄마가 도끼눈을 뜨고 이상하다는 듯이 쳐다봤다.

'맞다, 정우는 대회마다 다 나갔지? 그래도 피곤한데.'

"얼른 나와. 엄마가 도와줄게."

"엄마가?"

나는 잘됐다 싶어 얼른 거실로 나갔다. 솔직히 그냥 쓰러져 자고 싶었지만 엄마 표정을 봐서는 독후감을 안 쓰면 오늘 잠을 못 잘 것 같았다.

"너 책 읽은 거 뭐 있어? 뭐에 관해 쓸 거야?"

"잘 생각이 안 나는데."

"그러게, 평소에 책을 많이 읽으랬잖아."

엄마가 살짝 눈썹을 치켜떴다.

"그럼 어쩌지?"

엄마가 잠시 고민하더니 손뼉을 딱 치면서 말했다.

"너 논술학원에서 썼던 글들 있잖아. 그중에서 고르자."

엄마가 내 방에서 논술학원 가방을 가지고 오더니 썼던 글들을 하나씩 읽었다. 나는 제일 짧게 쓴 글을 고르고는 말했다.

"이거 할게."

"안 돼. 그 책은 너무 유치하잖아. 그런 건 상 못 받아."

엄마는 한참을 더 고르더니 가장 길게 쓴 글을 꺼내며 말했다.

"이걸로 하자. 추천 도서에도 있어서 유리할 거야. 그리고 여기는 이렇게 바꿔 써."

엄마는 문장 몇 개를 찍 긋더니 빨간 볼펜으로 덧대어 썼다. 4분의 1 이상이 엄마의 새로운 글로 바뀌었다. 나는 엄마가 보는 앞에서 글을 쓰기 시작했다.

"글씨가 왜 그래? 정자로 바르게 써야지. 다시 써. 그 부분은 한 줄 내려서 쓰고."

엄마는 내 옆에 딱 붙어 앉아 내가 글을 다 쓸 때까지 계속 잔소리를 했다. 엄마 입에서 까만 글자들이 줄줄이 사탕처럼 끊임없이 나오는 것 같았다.

'정우가 왜 그렇게 상장을 많이 받나 했더니 이렇게 다 엄마가 도와줬나? 후유, 그나저나 이거 언제 다 써?'

꾹꾹 눌러 예쁘게 쓰다 보니 팔이 아팠다. 바른 글씨로 빼곡히 감상문을 완성하자 엄마는 그제야 흐뭇한 얼굴이 되었다. 엄마가 도와줘서 좋기도 했지만, 매일 이렇게 해야 한다면 정말 끔찍할 것 같았다. 그렇게 상장을 많이 받는데, 내가 싫으면 대회 몇 개쯤은 안 나가도 되지 않나 싶기도 했다. 그러다 보니 어느새 12시. 나는 침대에 눕자마자 곯아떨어졌다.

학교에서 모둠 신문을 만든다고 했다. 네 명씩 팀을 만들어서 마을 신문을 만드는 활동이었다.

"자, 저번에 얘기했던 대로 신문 만들기 하는 거 알지? 그럼 하고 싶은 친구들과 시작해. 수행평가에 들어가니까 정성껏 하고."

선생님 말씀이 끝나자마자 여기저기서 애들이 나를 불렀다.

"정우야, 같이 하자."

"정우야, 나도."

서로 자기 팀에 나를 데려가려고 아우성이었다. 심지어 다투는 애들도 있었다. 나와 같은 팀이어야 점수를 잘 받을 수 있다고 꼭 같이 하자며 먹을 것이나 선물을 내미는 애들도 있었다.

'애들도 정우 앞에서는 꼼짝 못 하네.'

우쭐한 기분이 들었다. 보다 못한 선생님이 그냥 함께 앉은 모둠별로 신문을 완성하라고 했다. 대신 아무것도 하지 않은 애들은 수행평가 점수가 없으니 모두 다 참여해야 한다고 엄포를 놓았다. 나는 준비해 온 자료를 꺼냈다. 그러자 모둠 애들이 한마디씩 했다.

"역시 정우라니까."

조금 찔렸다. 사실은 엄마가 다 뽑아준 자료였다. 학원 숙제를 하느라 시간이 없었는데, 엄마가 수행평가는 무조건 A를 받아야 한다면서 자료를 찾아서 인쇄까지 해준 거였다.

먼저 모둠 애들이랑 4절지에 '마을 속으로 성큼'이라는 제목을 쓰고 예쁘게 꾸몄다. 그리고 마을에서 갈 만한 곳을 썼다. 길을 따라 걸으며 생태를 감상할 수 있는 저류지와 갈참나무 숲길이 있는 함박공원 사진을 붙이고 설명을 썼다. 애들이 제일 많이 찾는 별빛마루 도서관도 적어 넣었다. 다른 쪽에는 왜 이름이 옥길동인지 마을 이름의 유래에 대해서도 조사한 내용을 적었다. 마지막으로 마을 행사와 축제

까지 채워 넣고 나니 제법 근사한 마을 신문이 완성됐다.

"우리가 제일 잘한 거 같지 않냐?"

"정우가 있으니까 그렇지."

모둠 애들이 나를 보며 대단하다는 표정을 지어 보였다.

"근데 발표는 누가 해?

한 애가 묻자 지민이와 내가 동시에 손을 들었다.

"정우가 하는 게 낫지."

"당연하지."

애들은 지민이 쪽은 쳐다보지도 않고 말했다. 지민이 얼굴이 조금 상기되었지만, 지민이도 더는 우기지 않았다. 나는 발표까지 완벽하게 해냈다. 정우였으니까.

종례 시간에 선생님이 내 이름을 불렀다. 수학 경시대회 상장을 받는다고 했다.

"우리 반에서는 정우가 유일하네. 정우라도 없었으면 우리 반 어쩔 뻔했어."

선생님이 어깨를 토닥이며 상장을 주셨다. 역시나 애들

이 부러운 시선으로 쳐다봤다.

집에 가는 길에는 어느 학원에 다니느냐고 은근슬쩍 물어본 애도 있고, 친해지려고 주변을 슬슬 맴돌며 말을 걸어오는 애도 있었다. 우리 반에서 힘세고 아무한테나 장난치고 괴롭히는 영훈이도 정우한테는 함부로 대하지 않았다.

'정우로 살길 정말 잘했어. 어딜 가나 인정받고 대우받잖아. 놀리는 애들도 아무도 없고. 역시 학생은 공부만 잘하면 된다니까. 히히.'

집으로 가는 발걸음이 가벼웠다.

"엄마!"

상장은 받아도 받아도 좋다. 현관에서 신발을 벗자마자 엄마를 불렀다.

"왜, 무슨 일이야?"

"상장 받았어."

"무슨 상장인데? 독후감 상 받은 거야?"

"그건 아직 발표 안 났고, 수학 경시대회."

"정말?"

엄마는 상장을 보자마자 세상을 다 가진 듯 얼굴이 환해졌다.

"이거 우리 반에서 나만 받은 거야."

"진짜?"

나만이라는 말에 엄마 입이 더 크게 벌어졌다.

"잘했네. 우리 아들."

엄마는 내 엉덩이를 톡톡 두드리더니 휘파람을 불며 상장을 장식장에 세워두었다.

엄마가 만들어준 떡볶이를 맛있게 먹고 텔레비전을 봤다. 아직 학원에 갈 때까지 시간이 조금 남았다.

"지후 엄마? 응, 오늘 경시대회 상장 받았잖아. 반에서 혼자 받았다고 하더라고. 호호호."

엄마는 아빠한테 자랑을 늘어놓더니 이어서 지후 엄마한테도 전화했다. 나는 좀 민망했지만 듣기 싫지는 않았다. 눈은 텔레비전을 보고 있었지만, 귀가 자꾸만 엄마 목소리 쪽으로 안테나를 열었다.

"뭐? 금상? 어, 그랬구나."

엄마 목소리 톤이 올라갔다가 다시 차분해졌다. 그러더니 어느 순간 얼어붙은 듯 차가워졌다.

"그래, 다음에 봐."

엄마가 탁 전화를 끊었다.

"금상이나 은상이나 그게 그거지 뭐."

엄마가 중얼거렸다. 그러더니 신경질적으로 떡볶이 그릇을 탁 소리가 나게 싱크대 안에 넣었다. 괜히 마음이 콩닥거렸다. 장식장에 놓여 있는 수학 경시대회 상장에 은상이라고 쓰여 있는 부분이 초라해 보였다.

"정우야, 학원 가자."

"응."

난 학원 가방을 들고 엄마 차에 올랐다. 딱딱하게 굳은 엄마 표정 때문에 아무런 말도 할 수 없었다. 엄마는 내가 수학, 영어 학원까지 다 마치고 집에 올 때까지 단 한 번도 웃지 않았다.

학원을 마치고 나서도 학원 숙제 때문에 쉴 수가 없었다.

책상에 앉아 끙끙거리며 문제를 풀었다. 숙제까지 다 하고 나니 11시가 가까워졌다. 내가 이렇게 공부를 해본 적이 있었나 싶었다.

'정우가 잘하는 건 정말 열심히 해서였어. 그래, 그냥 되는 건 없지. 그래도 힘들다. 매일 이렇게 오래 앉아서 공부만 해야 하는 거.'

이제 좀 쉴까 했더니 엄마가 들어왔다.

"숙제는 다 했어?"

"응."

"옆 반 지후는 수학 경시대회 금상이래."

아까 통화하는 걸 들어서 알고 있었는데 엄마가 또 말했다. 대답할 말이 없어서 가만히 있었다.

"수학은 한 문제로 갈리는 거야. 그 한 문제 때문에 대학 이름이 바뀌는 거라고. 알아?"

몰랐다. 그런데 벌써 대학이라니, 난 중학교도 생각하지 못하고 있었는데.

"그래서 말인데, 수학 학원 옮길 거야. 동네에 있는 학원으로는 안 되겠어. 목동에 있는 학원에 초등 의대반 있다니까 일단 테스트부터 봐.”

“초등 의대반?”

무언가 비장한 단어처럼 들렸다.

“그래. 다른 애들은 4학년 때부터 의대 갈 준비한대. 더 빠른 애들은 1학년부터 시작하는 애도 있고. 아까 상담받으면서 얼마나 초조하던지. 넌 그 애들에 비하면 벌써 늦었잖아. 어휴.”

엄마는 지금도 초조한지 말이 빨라졌다.

“테스트 경쟁률도 10대 1이래. 꼭 합격해야 하니까 오늘부터 수학 문제집 더 풀어. 엄마가 사다 놨으니까. 알았지?”

“네.”라는 대답이 얼른 나오지 않았다. 지금도 힘든데 수학 문제집을 더 풀라니. 집채만 한 문제집에 깔린 내 모습이 그려졌다.

“꼭 의사가 돼야 해?”

엄마 눈치를 보며 중얼거리듯 물었다.

“뭐라는 거야, 얘가?”

  신호등 할머니와 풍선껌

엄마가 답답하다는 듯 한숨을 쉬었다.

"의사 되면 평생 직업에 돈 걱정 없이 살 수 있잖아. 안정적으로 살 수 있으니까 모두 의사가 되려고 하는 거 아냐? 이게 다 너 좋으라고 하는 거지, 엄마 좋으려고 그러는 거니?"

'난 하나도 안 좋은데.'라는 말이 목구멍 밖으로 나오려는 걸 겨우 참았다. 더 이상 화난 엄마 얼굴을 보고 싶지 않았다.

엄마는 두꺼운 문제집을 책상 위에 탁 소리가 나게 올려두고 나갔다. 눈썹을 찡그리며 테스트 준비 확실하게 하라는 말도 덧붙였다.

잘할 때만 웃어주는 엄마가 야속했다. 내가 볼 때 정우는 지금도 잘하고 있는데, 더 잘해야 한다니. 우리 엄마 같았으면 내가 수학 경시대회 상장을 받아 오면 며칠은 업어줬을 텐데. 그런데 칭찬은커녕 문제집을 더 풀라니. 거기에 벌써 의대에 갈 준비까지….

'정우로 살기도 쉽지 않구나. 에휴.'

책상 위에 놓인 두꺼운 수학 문제집을 보니 절로 한숨이 나왔다. 갑갑했다.

　토요일이다. 모처럼 학원 수업이 없는 날이다. 수학 문제
집을 푸느라 새벽에 잠들어서 그런지 늦잠을 자고 있는데,
엄마가 이불을 확 걷어냈다.

　"안 일어나? 나가야지."

　"어디?"

　겨우 눈을 뜨고 물었다.

　"얘가 요즘 왜 이래? 깜박하고. 저번 주부터 역사 탐방 하
고 있잖아. 오늘 두 번째 날인 거 몰라?"

　"역사 탐방?"

　나도 모르게 짜증스러운 말투가 나왔다. 엄마 얼굴이 일
그러졌다.

　"얼른 일어나. 대입에서 한국사는 필수인 거 몰라? 1년을
대기해서 들어간 팀인데 빠지면 손해가 얼만지 알아?"

　무거운 몸을 겨우 일으켰다. 그래도 학원에서 머리 쓰며
문제를 푸는 게 아니라서 그나마 다행이었다. 역사 탐방이

면 밖으로 나가는 거겠지? 소풍 간다는 생각으로 간만에 콧바람이나 쐬어야겠다 싶었다. 엄마 차를 타고 도착한 곳은 국립중앙박물관이었다.

'으, 박물관은 별로 안 좋아하는데.'

입술을 삐죽댔다. 박물관 입구에는 애들이 다섯 명 서 있었다. 두 번째 수업이라더니 한 아이가 아는 체를 했다.

"정우야, 왔어?"

"응."

"오기 싫었는데 겨우 왔어."

그 애가 내 귀에 대고 작게 소곤거렸다.

"나도."

우리는 입술을 다문 채 킥킥거렸다. '나라 쌤'이라는 선생님이 인사를 하고 두툼한 자료를 하나씩 나누어 주었다. 엄마들은 커피숍으로 가고 우리는 선생님을 따라 박물관 안으로 들어갔다.

박물관 안에는 사람들이 많았다. 우리 말고도 수업을 하는 애들과 선생님들, 가족 관람객과 더불어 외국인 관광객까지 몰려 내부가 혼잡했다. 우리는 한 줄로 선생님을 따라 박물관을 돌았다. 선생님이 무선 마이크를 이용해 설명을 시작했다.

"오늘은 지난주에 이어서 조선관을 살펴볼 거야. 현재와 제일 가까운 조선시대 전시관으로 들어오면 많은 유물을 볼 수 있지. 여긴 임금의 자리인 용상이야."

고개를 빼고 선생님 설명을 들으며 전시관을 살펴봤다. 하지만 어수선해서 그런지, 관심이 없어서 그런지, 선생님 말씀이 귀에 제대로 들어오지 않았다. 그래도 선생님은 사람들을 피해 요리조리 앞서가며 조선의 백자, 목판, 금속활자 등을 보여주며 쉬지 않고 설명을 이어갔다. 선생님 뒤를 따라가고 설명을 들으며 기록하기도 바쁜데, 거기에 우리 사이로 비집고 들어오는 사람들을 피하느라 정신이 없었다.

계속해서 서 있는 것도 고역이었다. 다른 애들도 힘든지 선생님이 설명하려고 멈춰 서면 그 자리에 풀썩 주저앉곤 했다. 쉴 틈 없이 그렇게 세 시간 가까이 돌고서야 휴식 시간이 찾아왔다. 다리가 끊어질 듯 아팠다.

신호등 할머니와 풍선껌

"20분 정도 쉬고 정리하자."

선생님 말씀에 우리는 휴게실에 앉아서 가지고 온 간식을 먹었다. 나도 엄마가 싸준 주먹밥을 먹고 있는데, 아침에 아는 체를 했던 아이가 옆으로 다가왔다. 도시락 뚜껑 앞에 이승우라는 이름 스티커가 보였다. 승우는 도시락 뚜껑을 열더니 방울토마토를 먹으며 다리를 주물렀다. 그리고 나를 보며 말했다.

"토요일도 쉬지 못하고, 너무 힘들다."

"맞아. 다리 아파 죽겠어."

"엄마들은 카페에 앉아서 편하게 차 마시면서. 너무해."

승우가 부루퉁하게 입술을 내밀었다.

"그러니까. 에휴."

나도 아픈 다리를 주물렀다.

"그런데 어떻게 됐어?"

승우가 조금 목소리를 낮추더니 물었다. 갑자기 무슨 얘기인가 싶어 나는 눈을 끔벅거렸다.

"뭐가?"

"너 지난주에 미술 하고 싶다고 했잖아."

"내가?"

"그래, 너 그림 그리고 싶은데 엄마한테 말을 못 하겠다고 했었잖아. 미술학원에서 그림 배우고 싶은데 혼날 것 같다고."

몰랐었다. 정우가 그림을 그리고 싶어 했는지.

"말 못 했구나?"

내가 아무 말이 없자 그 애가 되물었다. 아직 미술학원에 다니고 있지 않은 걸 보면 그런 것 같았다. 내가 고개를 끄덕였다.

"사실 나도 기타 치고 싶었는데 엄마 때문에 그만뒀어. 엄마한테 기타 계속 배우고 싶다고 했다가, 엄청나게 혼났다니까. 자꾸 성적 떨어진다고. 기타 쳐서 그런 것도 아닌데 말이야. 대신 논술학원 다니는데 재미가 하나도 없어."

승우가 화가 나는지 씩씩거렸다. 그러고 보니 나도 수학학원 테스트가 있다는 사실이 떠올랐다. 가슴이 답답했다.

"나 요즘에는 머리도 빠지는 것 같다니까?"

승우가 목소리를 더 낮추었다. 그러고는 정수리 쪽 머리를 슬쩍 들어 올렸다. 정말 동그랗게 머리카락이 없는 부분이 보였다. 내가 놀라 입을 벌리자 승우가 한숨을 쉬었다.

"어떡해?"

뭐라고 말해줘야 할지 몰라 이 말만 나왔다.

"자, 다 쉬었지? 이제 마무리 정리하자."

선생님 말씀에 승우가 아쉬운 얼굴을 하고는 자리로 돌아갔다. 우리는 선생님이 나누어 준 학습지를 펼쳤다.

"태조가 누구지?"

"이성계요."

"왜 이름을 조선이라고 했지?"

"고조선을 계승한다는 생각에서요."

"그렇지."

나는 학습지 빈칸에 답을 채워 넣느라 바빴다. 학습지를 정리하는데도 20분이 꼬박 걸렸다. 다리에 이어 팔까지 아파질 때쯤에야 역사 탐방이 마무리되었다.

집에 오자마자 침대에 벌렁 드러누웠다. 아침 일찍부터

늦은 오후까지 밖에 있다 오니 너무 피곤했다. 기지개를 켜는데 손에 뭔가 걸려 떨어졌다. 스프링 공책이었다.

"뭐야?"

무심결에 공책을 넘기던 나는 얼른 허리를 세우고 앉았다. 공책은 그림으로 채워져 있었다. 연필로 고양이를 스케치한 그림부터 수채화로 인물을 채색한 그림, 꽃과 과일을 그린 그림까지. 정교하게 묘사된 그림은 수준급 이상이었다.

'정우가 그림 그리고 싶어 한다더니 정말이네.'

넘기다 보니 공책 구석에 적힌 메모가 눈에 띄었다. 볼펜으로 찍 그어져 잘 알아볼 수 없었지만 '그림, 엄마, 의사, 힘들다' 같은 단어가 보여, 무슨 말을 하고 싶은지 알 것 같았다. 정우가 이 글자들을 쓰면서 어떤 마음이었을지 생각하니 코끝이 찡했다. 찍찍 그어진 글자들이 마치 움츠러든 정우의 마음인 것만 같았다.

'정우는 하고 싶은 게 있어도 엄마한테 말을 못 하는구나. 얼마나 답답했을까? 의사는 엄마의 꿈이지 정우의 꿈은 아닐 텐데…. 정말 힘들겠다.'

정우처럼 공부만 잘하면 어디서든 인정받고 행복할 거라고 생각했는데, 아니었다. 겉으로 보는 것과 그 사람으로 살아보는 건 참 많이 다른 것 같았다. 나는 정우 생각을 하다 어느새 잠이 들었다.

일요일, 아침을 먹고 쉬고 있는데 엄마가 어딘가 나갈 채비를 했다.

"어디 가?"

"범박산. 너도 준비해."

"나도? 왜?"

"엄마가 말 안 했나? 범박산 근처 환경 정화하고 봉사 점수 받기로 했어."

"봉사 점수?"

"그래. 특목중학교 가려면 봉사 점수가 채워져야 해. 의대 가려면 봉사 항목이 무엇보다 중요하거든."

"그런데 엄마도 가?"

"그럼. 엄마가 다 너 때문에 이렇게 고생하는 거 아니니.

얼른 준비해."

난 엄마 얼굴을 빤히 쳐다봤다.

'왜 엄마는 그렇게 고생해? 엄마도 힘들고 나도 힘들면 안 해야 하는 거 아닌가?'

그런 생각이 들었다.

"왜, 엄마 얼굴에 뭐 묻었어?"

"아니."

"얼른 가자. 아들."

엄마가 다정한 목소리로 불렀다.

'도대체 봉사 활동은 누가 하나 했더니.'

오랜만에 부드러운 엄마 목소리에 어쩔 수 없이 자리에서 일어났다.

범박산 근처에서 쓰레기를 주웠다. 허리도 아프고 팔다리도 아팠다. 주말까지도 쉬지 못해서 피로가 더 쌓인 것 같았다.

'정우로 사는 것도 만만치 않네. 차라리 원래 내가 나은

것도 같고.'

그런 생각을 하고 있는데 어디선가 웅성거리는 소리가 들렸다. 소리 나는 곳으로 가보니 사람들이 한데 모여 있었다.

"쟤야, 우리 동네에서 유명한 애."

"근데, 뭐 하고 있는 거야?"

"뭐 찍는다던데? 홍보 영상인가 뭐 그런 거."

"어머, 잘생겼다."

"형아, 멋지다."

사람들이 두런거리는 소리가 들렸다. 사람들을 헤치고 앞으로 나가 보니 낯익은 얼굴이 보였다. 살짝 꽃망울이 터진 벚나무 아래 희수가 환하게 웃고 있었다.

'우와, 촬영하나 보네.'

나는 멍하니 희수를 봤다. 그러다 내 손에 들린 쓰레기봉투며 집게가 눈에 들어왔다. 카메라 플래시를 받고 서 있는 희수 앞에 서니 내가 한없이 초라해 보였다. 문득 곧 봐야 하는 초등 의대반 테스트도 생각났다.

'엄마 꼭두각시처럼 사는 건 그만하고 싶어. 공부만 잘하면 뭐 해? 마음대로 할 수 있는 게 하나도 없는데. 문제 푸는 기계처럼 몇 시간씩 공부만 하는 것도 정말 지겨워. 그래, 정우가 아니라 희수처럼 살아보는 거야. 하고 싶은 걸 하면서 말이야.'

얼른 주머니 속 풍선껌을 꺼냈다. 그리고 노란색 껍질을 벗기고 노란 점들이 콕콕 박힌 껌을 입에 넣었다. 달콤한 망고 맛이 입안에 가득했다. 나는 희수를 보며 껌이 부드러워질 때까지 질겅질겅 씹었다. 그리고 후 풍선을 불었다. 껌이 점점 크게 부풀더니 얼굴보다 커질 때쯤 팡! 소리를 내며 터졌다.

3.
유튜버 스타 희수

"희수야, 한 번 더 해볼까?"

"네?"

카메라를 들고 있는 아저씨가 나를 보고 물었다. 어느새
나는 희수가 되어 있었다.

"여기 카메라 보고 대사 한 번 더 해보자."

"5분만 쉬면 안 돼요? 땀이 좀 나서요."

대사가 생각나지 않아 둘러댔다.

"날이 좀 덥지? 그럼 5분 뒤에 다시 찍자."

엄마가 얼른 다가와 손수건을 내밀었다. 이마 위에 송골송골 맺힌 땀을 닦았다.

"희수야, 괜찮아? 평소 땀도 잘 안 흘리던 애가 어디 아픈 거 아니야?"

"아니야, 갑자기 대사를 까먹어서."

"뭐?"

엄마가 당황한 얼굴을 하더니 대본 종이를 내밀었다. 다행히 마지막 대사만 남아 있었다. 5분 후 다시 카메라 앞에 선 나는 환한 표정으로 카메라를 응시했다.

"도심 곳곳이 화사한 꽃들로 물들어가고 있어요. 우리 고장에도 꽃 축제가 시작되는데요. 벚꽃 축제와 복숭아꽃 축제, 장미꽃 축제까지, 꼭 오셔서 봄의 기운을 물씬 느껴보세요."

말을 마치고 두 손을 흔들며 활짝 웃었다.

"컷! 표정도 좋고 발음도 좋고. 오케이."

카메라로 영상을 찍던 아저씨가 화면을 확인하더니 만족스러운 표정을 지었다. 주변에 있던 사람들도 잘했다며 손

신호등 할머니와 풍선껌

뺵을 쳐주었다. 아마 평소 나였으면 카메라만 봐도 고개를 절레절레 흔들고 목소리가 떨려 말도 잘 못했을 텐데, 희수가 되니 달랐다. 카메라 앞에 서는 것도 대사를 외우는 것도 그렇게 어렵게 느껴지지 않았다.

"수고했어요. 축제 홍보를 맡은 관계자예요. 이번 축제에는 우리 희수군 덕분에 많은 사람이 축제장을 찾을 것 같네요."

카메라 옆에 서 있던 정장을 차려입은 아저씨가 가까이 오더니 활짝 웃었다.

"감사합니다."

나는 얼른 고개를 숙여 인사했다.

"참, 얼마 전에 나온 드라마도 재밌게 봤어요."

"희수는 유튜브 구독자도 많아요. 애들 사이에서는 유튜버로 인기가 많더라고요. 우리 집 애들도 희수 채널 구독하고 영상 올라올 때마다 챙겨본다니까요. 참, 듣기로는 혼자서 영상도 찍고 편집도 해서 올린다던데, 맞아?"

카메라 아저씨가 장비를 정비하면서 슬쩍 대화에 끼어들

었다.

"네."

쑥스러워서 뒷머리를 긁적였다. 정장을 차려입은 아저씨
도 카메라 아저씨도 놀라는 얼굴로 쳐다보았다. 대견스럽다
는 표정에 나도 모르게 미소가 지어졌다.

엄마와 점심으로 떡볶이를 먹으러 갔다. 학원 근처여서
나도 애들이랑 자주 가던 곳이었다.

"아이고, 희수 왔구나."

아줌마가 반갑게 맞아주었다.

"튀김이랑 음료수는 서비스야."

아줌마가 웃으며 음식들을 테이블 위에 올려놓았다.

'우와, 희수한테는 서비스도 주네.'

속으로 생각하다 얼른 인사를 했다.

"고맙습니다."

"아니야, 필요한 거 있으면 뭐든 말해. 알았지?"

아줌마가 환한 표정으로 말했다. 촬영하느라 힘이 들었

는지 배에서 꼬르륵 소리가 났다. 허겁지겁 음식을 먹고 있는데 옆 테이블에 있던 아주머니들이 자꾸 힐끔거리며 쳐다보는 것 같았다. 눈이 마주치자 한 아주머니가 물었다.

"얼마 전에 일일 드라마에서 우영이로 나왔던…, 맞나?"

"네."

고개를 끄덕이자 아주머니가 밝게 웃으며 말했다.

"어머, 반가워라. 우리 동네 산다고 들었는데 이렇게 보다니. 아줌마가 팬이거든. 아유, 엄청 잘생겼네."

아주머니들이 연신 웃으며 호호거렸다.

"그럼 맛있게 먹어."

아주머니가 말하더니 고개를 돌렸다. 알아보는 사람이 있는 게 신기하기도 하고 좋기도 했다. 마치 내가 유명 연예인이 된 것 같았다.

다 먹고 나서 엄마가 튀김과 음료수 값까지 계산하려는데 떡볶이 가게 아줌마가 사양하며 말했다.

"희수가 영상에 우리 가게 얘기를 잘 해줘서 손님이 늘었어요. 마음 같아서는 떡볶이 값도 안 받고 싶다니까요. 희수야, 언제든 또 와."

아줌마가 나를 보더니 환하게 웃었다.

'우와, 희수가 올린 영상 때문에 손님이 많아졌다고?'

희수가 정말 대단해 보였다.

집에 와서 그동안 희수가 올린 영상들을 살펴봤다. 2년 전 영상이 가장 먼저 올린 거였다.

'2년 만에 구독자 수가 7만 명이 된 거야?'

입이 떡 벌어졌다. 희수가 올린 콘텐츠는 다양했다. 동네 문구점에서 새로 생긴 기계로 뽑기를 하는 영상, 집에 있는 장수풍뎅이를 소개하는 영상, 게임 하는 영상에서 먹방 영상까지…. 어떻게 이렇게나 많은 영상을 생각하고 올렸는지 신기했다.

희수가 올린 영상은 내용도 재미있고 무엇보다 아이디어가 참신했다. 잘생긴 얼굴에 재치 있게 말도 잘했는데, 그것도 인기를 끄는 비결이 된 것 같았다. 혼자서 영상도 찍고 편집도 해서 올린다고 했던 말이 생각났다.

'유명한 유튜버가 되어 골드 버튼을 받고 싶다고 했었는데.'

'나의 꿈' 말하기에서 희수가 했던 말이 생각났다. 희수라면 분명 그 꿈을 이룰 수 있을 것 같았다.

영상 중에 '드라마를 찍었어요'라는 썸네일이 붙은 화면이 있어서 클릭해 보았다. 수많은 댓글이 달려 있었다.

    ㄴ 추카추카~

    ㄴ 잘생긴 얼굴을 텔레비전에서도 보겠네.

    ㄴ 우리 희수 최고!

    ㄴ 도전하는 모습에 자극받고 갑니다.

    ㄴ 형아, 짱짱!

멋있다, 잘생겼다, 응원한다 등의 댓글이 많았다. 댓글을 읽는데 기분이 좋았다. 이렇게 많은 사람에게 응원받고 사랑받고 있다니. 난 한 번도 그런 적이 없었는데. 희수가 되길 정말 잘한 것 같았다.

"희수야, 영상 안 찍어?"

토요일, 집에서 뒹굴거리고 있는데 엄마가 물었다.

"뭘?"

"너 주말에 탕후루 영상 찍는다고 재료 준비해 달라며?"

"내가?"

"너 요즘 이상해."

엄마가 가볍게 눈을 흘기더니 웃었다.

"재료는 냉장고에 있어. 혼자 만들 수 있어?"

"당연하지."

엄마를 방으로 보내고 영상 찍을 준비를 했다. 이전에 집에서 할머니랑 탕후루를 만들었던 적이 있어서 어렵지 않을 것 같았다. 우선 휴대폰을 끼운 삼각대를 식탁 위에 올려놓고 구도를 잡았다. 어떻게 찍어야 재미있을지, 무슨 말을 해야 할지 머릿속으로 생각하고 나서 냉장고에서 재료를 꺼내 식탁 위에 올려놓았다.

"안녕! 희수예요. 오늘은 맛있는 탕후루를 만들어볼 거예요."

이전에 내 유튜브 영상을 찍었을 때처럼 휴대폰 카메라를 보고 활짝 웃었다. 물론 영상을 올려도 구독자가 없어 지금은 없어진 채널이 되었지만.

"먼저 방울토마토를 깨끗하게 씻어서 물기를 제거해 주세요. 그다음, 산적 꼬치에 과일을 꽂아줍니다."

가끔 카메라 화면을 쳐다보면서 방울토마토를 꼬치에 꽂았다. 그러다 잘못 해서 손가락이 찔렸다.

"아야."

나도 모르게 소리가 절로 나왔다. 얼른 아무렇지 않은 척 다시 꼬치를 꽂았다.

"그다음 설탕과 물을 넣고 전자레인지에 돌려서 옅은 갈색이 나도록 만들어주세요."

"아앗, 뜨거!"

이번에는 전자레인지에서 그릇을 꺼내려다 너무 뜨거워 외마디 비명을 질렀다.

"무슨 일이야?"

안방에서 놀란 엄마가 다급하게 뛰어나왔다. 엄마는 얼

른 나를 데리고 싱크대로 가더니 물을 틀었다. 찬물에 손을 대고 있자 뜨거운 기운이 가라앉았다. 다행히 화상을 입지는 않았지만, 그사이에 설탕물이 굳어서 다시 만들어야 했다. 엄마가 나 대신 시럽을 만들어 식탁 위에 올려주었다. 나는 몸짓으로 엄마에게 잠깐 비켜달라는 시늉을 했다. 엄마가 여전히 걱정하는 표정으로 옆으로 물러났다. 나는 시럽이 굳기 전에 과일꼬치를 시럽에 묻혀가면서 카메라를 보고 말을 했다.

"자, 이렇게 탕후루가 완성되었습니다."

완성된 탕후루 꼬치를 들어 보이며 환하게 웃었다. 그리고 파사삭 먹는 소리까지 내며 맛있게 먹었다. 내가 녹화 정지 버튼을 누르자 기다렸다는 듯이 엄마가 물었다.

"정말 괜찮아?"

"응, 괜찮아. 빨개진 것도 다 가라앉았어."

"다행이네."

방으로 들어가려는데 엄마가 불렀다.

"희수야, 그런데 식탁이 이게 뭐야? 그냥 들어가려고?"

신호등 할머니와 **풍선껌**

엄마는 찐득한 것이 잔뜩 묻은 식탁을 보며 짜증 섞인 말투로 물었다. 내가 아무 말 없자 엄마가 한마디 더 했다.

"이거 다 치우고 가."

귀찮았지만 엄마랑 같이 식탁을 정리했다. 끈적끈적해서 잘 닦이지 않았다.

"아휴, 설거지도 잔뜩이네."

식탁을 대충 정리하고 엄마 잔소리를 뒤로한 채 재빨리 방으로 들어왔다. 그리고 컴퓨터로 찍은 영상을 편집했다. 먼저 엄마가 나온 부분과 오디오가 잘못 들어간 부분을 모두 삭제했다. 최대한 자연스러운 상황이 되도록 영상을 이어 붙이고 자막도 달았다. 평소 컴퓨터를 잘 다루지 못했는데, 희수가 되고 보니 어려운 영상 편집도 문제없었다. 다만 잘 만들려다 보니 시간이 너무 오래 걸렸다. 콘텐츠 영상 시간이 길어지면 보기에 너무 지루했고, 짧게 만들자니 중요한 부분이 생략되어 다시 만들기를 여러 번 반복해야 했다.

겨우 편집을 끝내고 '탕후루, 초딩도 만들 수 있다!'라는 제목으로 썸네일을 달았다. 전문가처럼 만드는 게 아닌데도 영상 하나 편집하는 게 쉽지 않았다. 영상을 찍고 편집하는 데만도 반나절이 훌쩍 지나갔다. 고개도 아프고 허리도 아 팠다.

'휴, 이것도 쉽지 않구나.'

새삼 희수가 그동안 얼마나 애썼는지가 느껴졌다. 역시 노력 없이 그냥 되는 건 없는 것 같았다.

완성한 영상을 유튜브 채널에 업로드했다. 영상이 올라 가는 동안 심장이 자꾸만 두근거렸다. 어떤 반응이 나올지 기대되고 떨렸다.

시간이 지나자 영상에 대한 반응이 나타나기 시작했 다. '좋아요' 숫자가 하나둘 늘더니 금세 만 개가 훌쩍 넘었 다. 시시각각 댓글도 달렸다.

    └, ASMR 장난 아님.

    └, 사 먹는 거랑 똑같다.

    └, 바로 재료 사러 감.

    └, 나도 먹고 있는뎅~

ㄴ, 좋아요, 구독 눌러요~

얼떨떨했다. 생각했던 것보다 반응이 폭발적이었다.

'이래서 힘들어도 계속 영상을 찍나 봐.'

창수는 희수가 유튜브로 돈도 꽤 번다고 했었는데, 수익이 얼마나 나올지 그것도 새삼스럽게 궁금해졌다.

'돈도 벌고 사람들도 인정해 주고.'

다리가 땅에서 10센티쯤은 떠 있는 것 같았다. 마음이 붕 들떴다. 이전에 유튜브에 영상을 올리고 아무도 보지 않는다고 창피해했던 내가 아니었다. 실시간으로 올라오는 댓글과 조회수를 보니 내가 정말 중요한 사람, 사랑받는 사람이 된 것 같았다.

학교에서도 영상을 본 애들의 반응이 쏟아졌다. 벌써 따라 해봤다는 애들과, 사 먹을 생각만 했는데 어떻게 만들어 볼 생각을 했냐고 물어보는 애들, 내가 말한 대로 만들었더니 정말 맛있었다며 내 채널을 구독하기 시작했다는 친구들의 말에 어깨에 힘이 들어갔다. 유튜브 채널을 만들었는데 어떻게 하면 잘 될지 가르쳐달라면서, 맛있는 것을 사줄 테니 한 번만 나와달라는 애들도 있었다. '역시 희수야.'라며 인정해 주는 우리 반 애들 앞에서, 아닌 척해도 자꾸만 비실비실 웃음이 나왔다.

다만 드라마 촬영 때문에 결석을 많이 해서 수업 진도를 다 따라가지 못한 게 문제였다. 선생님이 다른 건 몰라도 수학은 해야 한다고 하셔서 희수는 항상 점심시간마다 교실에 남아 진도를 놓친 수학 교과서 부분을 풀곤 했다. 그래서 오늘도 마찬가지로 점심을 먹고 수학 교과서를 펼쳤다. 그런데 몇 문제는 아무리 해도 풀리지 않았다. 남자애들은 벌써 밥을 먹고 축구를 한다고 모두 운동장으로 나가고, 교실에는 여자애들 몇 명만 남아 있었다. 누구한테 물어볼까 둘러보는데, 책을 읽고 있는 민지가 보였다. 자리도 바로 내 앞이라 물어보기도 쉬웠지만, 새침데기 민지가 거절할 것 같아 막상 입이 잘 떨어지지 않았다.

'난 지금 희수잖아. 인기도 많고 잘생긴 희수.'

그러자 용기가 났다.

"민지야, 나 이것 좀 가르쳐줄래?"

내가 묻자 민지가 뒤를 돌아봤다. 그러더니 알겠다고 하면서 내 교과서를 자기 쪽으로 돌리더니 문제를 풀기 시작했다. 잠시 후 민지가 웃으면서 말했다.

"한 변이 8센티였을 때 4분의 3을 하면 6센티가 되지? 그러니까 새로운 정사각형의 넓이는 6 곱하기 6을 해서 36이 되는 거야. 알겠어?"

긴장해서 그런지 한 번에 이해가 바로 되지 않았다. 내가 대답을 못 하고 머뭇거리자 민지는 한 번 더 설명해 주겠다고 했다. 평소 나한테 '오동민, 그것도 몰라?' 하면서 도끼눈을 뜨던 민지가 아니었다.

'민지가 웃으면서 다정하게 말하네. 역시 인기 짱 희수가 되기를 잘했다니까.'

생글거리며 웃는 민지를 보는데 마음이 자꾸 콩닥거렸다. 이렇게 계속 희수로 살고 싶다는 생각이 들었다.

얼마 전 찍은 꽃 축제 영상이 시 홈페이지와 블로그, 유튜브에 올라왔다. '부천의 축제, 떠오르는 키즈 크리에이터 희수와 함께'라는 제목으로 인터넷 기사도 떴다.

"희수야, 얼마 전 영상 찍은 거 올라왔네."

엄마가 휴대폰을 보여줬다. 나무 아래 활짝 웃는 얼굴 사진이 대문짝만하게 실려 있었다. 부천의 꽃 축제 정보와 희수에 대한 소개도 나와 있었다. "자신의 꿈을 위해 최선을 다하는 부천의 자랑스러운 어린이"라는 대목도 눈에 띄었다. 기사 아래에는 댓글도 주르륵 달렸다.

ㄴ 희수 때문에 꼭 간다.

ㄴ 기대돼요. 축제.

ㄴ 누가 꽃인가요.

댓글을 보니 입꼬리가 올라갔다. 그날 저녁에는 창수가 대박이라며 기사 링크를 우리 반 채팅창에 올렸다. 부러움 반 시샘 반인 메시지가 반 채팅창에 올라올 때마다 기분이

널을 뛰었지만 담담한 척했다.

희수로 사는 건 정말 재미있었다. 꾸준히 영상을 만들어 올리는 게 쉬운 일은 아니었지만 좋아하는 일이라 즐거웠다. 어디에 가든 알아봐주는 사람들이 많아진 것도 좋았고, 댓글로 구독자들과 소통하는 일도 꽤 재미있었다.

'저번에 올린 영상은 조회수가 얼마나 나왔지?'

궁금해져서 핸드폰을 켰다. 그런데 탕후루 영상에 새로운 댓글들이 많이 달려 있었다. 영상을 클릭했다.

└ 이 영상 따라 하다가 우리 애가 화상을 입었어요. 영상에 안전에 관한 주의를 주는 문구도 없고, 애들이 많이 보는데 기본이 안 되어 있는 것 아닌가요?

댓글을 읽는데 번개를 맞은 것처럼 머리가 띵했다.

└ 따라 한 애가 잘못이지 유튜버가 무슨 잘못?

└, 안전에 관한 얘기는 기본 아님?

　└, 부모 책임!

　└, 진짜 혼자 만든 거 맞아요?

　└, 미성년자는 처벌 안 받지 않나.

　└, 얼른 잘못했다고 해라. 얘야.

댓글들이 서로 싸우고 있었다.

'나는 그냥 영상을 만들어 올린 것뿐인데 왜 내가 잘못했다고 해야 해?'

화가 났다. 처벌, 책임이라는 단어에 덜컥 겁도 났다. 더군다나 탕후루 영상 이후에 올린 여러 영상은 조회수가 형편없었다. 심지어 재미없다는 댓글도 있었다.

　└, 이제 <희수 TV>도 별수 없네요.

　└, 다른 채널이랑 비슷

　└, 노잼

댓글을 보는데 손이 떨렸다. 화가 나기도 하고 불안하기도 했다. 무엇보다 사람들이 더는 내 영상을 안 볼까 봐 걱정됐다.

'그래, 더 재미있는 영상을 만드는 거야. 그럼 뭐라고 했던 사람들도 다시 좋아해 줄 거야.'

나는 유명한 유튜버들의 영상에서 조회수가 높은 것들을 찾아봤다. 그중 빨리 먹기, 많이 먹기로 조회수가 높은 영상들이 눈에 들어왔다.

'그래, 이거야. 일단 재미있어야 해.'

나는 모자를 쓰고 밖으로 나왔다. 최대한 짧은 시간에 아이스크림 많이 먹기 영상을 찍을 생각이었다. 가까운 무인 가게로 향했다. 가는 동안에도 댓글들이 떠올라 표정이 자꾸만 굳어졌다.

"쟤, 〈희수 TV〉의 희수 아냐?"

"드라마에도 나왔잖아."

뒤에서 말하는 소리가 들렸다.

"근데 표정이 왜 저래?"

"완전 썩은 얼굴 아니냐? 화면이랑 영 딴판인데."

일부러 들으라는 듯 크게 말하는 것 같았다. 순간 표정이 더 어색해졌지만 어쩔 수 없이 고개를 돌려 웃는 얼굴로 인사를 했다. 그제야 수군대던 사람들이 표정을 바꾸더니 말했다.

"잘 보고 있어요. 〈희수 TV〉."

"고맙습니다."

억지로 웃어 보이고 고개를 돌렸다.

'어휴, 표정 하나 마음대로 못 하고.'

절로 한숨이 나왔다. 무인 가게에서 아이스크림을 고르고 있는데 배가 슬슬 아파왔다. 가끔 긴장하거나 신경을 쓰면 배가 아팠는데, 아무래도 댓글과 조회수 때문인 것 같았다. 얼른 아이스크림을 골라 비닐봉지에 넣었다. 그때 가게 안으로 한 무리의 손님이 들어왔다. 아주머니 둘에 유치원생으로 보이는 애들이 세 명 있었다. 계산대로 가는데 한 아이가 날 알아보고는 크게 말했다.

"나, 저 형 알아. TV에서 봤어."

얼른 집에 가고 싶었지만, 고개를 돌려 인사를 했다.

"안녕."

그러자 그 애가 다시 큰 소리로 말했다.

"엄마, 나 저 형아랑 사진 찍을래."

"나도, 나도."

"나도 친구들한테 자랑할 거야."

그 얘기를 듣는 와중에도 배가 사르르 아파서, 나는 얼른 계산을 마무리했다.

"우리 애가 사진을 찍고 싶어 해서 그러는데, 한 장만 부탁해도 될까?"

한 아주머니가 물었다. 마음은 그러고 싶었지만 그럴 상황이 아니었다.

"죄송한데 제가 좀 아파서요."

미안한 얼굴로 대꾸하자 한 애가 칭얼거리며 울었다.

"한 장만!"

아주머니가 한 번 더 말했지만 어쩔 수 없었다. 배에서 꾸르륵 신호가 왔다. 바로 화장실로 달려가야 했다. 나는 한

번 더 죄송하다고 꾸벅 인사를 하고는 우는 애 목소리를 뒤로하고 그대로 뛰어나와 버렸다.

'휴, 조금만 늦었어도 큰일 날 뻔했네.'

무인 가게가 있던 건물의 화장실을 다녀오자 속이 좀 편안해졌다. 그제야 같이 사진을 못 찍어주고 나온 게 미안해졌다. 나오면서 무인가게 안을 살짝 들여다보았다. 아직 아이들이 있으면 함께 사진을 찍을 생각이었지만 아무도 없었다.

'죄송하다고 여러 번 말했으니 이해해 주겠지. 다음에 만나면 꼭 같이 찍어야겠다.'

그런 생각을 하면서 아이스크림이 녹기 전에 집으로 뛰었다.

'이제 아이스크림 영상을 찍어볼까?'

집에 오자마자 휴대폰을 끼운 삼각대를 테이블에 올려놓고 냉동실에서 아이스크림을 꺼냈다.

"여러분, 희수예요. 오늘은 달달한 아이스크림을 먹어보겠습니다. 그냥 먹으면 재미가 없으니까 10분 동안 아이스

크림을 얼마나 먹을 수 있나 실험해 볼게요. 여러분은 몇 개까지 가능한가요? 그럼 시작해 보겠습니다."

나는 타이머를 누르고 아이스크림을 먹기 시작했다. 재빨리 아이스크림 비닐봉지를 벗기고 하나를 입에 넣었다. 빨리 먹으려고 우적우적 깨물었다. 시원하기도 했지만 급하게 깨물다 보니 이빨이 조금 얼얼했다.

"자, 두 번째입니다. 편의점에서 자주 먹는 아이스크림이죠."

두 번째 아이스크림도 비닐을 벗기자마자 한입 깨물었다. 빨리 먹으려다 보니 마음이 급했다. 시간을 보니 어느새 4분 30초가 지나가고 있었다. 몇 입 만에 두 번째 아이스크림을 다 먹고 급하게 세 번째 아이스크림을 먹었다. 그런데 머리가 띵했다. 으슬으슬 춥기도 했다. 그렇다고 포기할 순 없었다.

"조금씩 배가 아픈 것 같은데요. 그래도 바로 이어서 먹어볼게요."

카메라를 응시하고는 네 번째 아이스크림을 들었다. 한

입 먹는데, 속이 좋지 않았다. 추워서 점퍼를 껴입었다. 배에 알싸한 기운이 느껴졌다. 속이 부글부글 끓었다. 한 손으로 배를 움켜쥐었다. 도저히 먹을 수 없을 것 같았지만 한입 더 베어 물었다.

'윽.'

갑자기 구역질이 올라왔다. 정지 버튼을 누르고 얼른 화장실로 달려갔다. 차가운 걸 급하게 먹었더니 체한 게 분명했다. 배가 아프고 열이 났다. 전화를 받고 엄마가 급히 달려왔다.

"급성 장염이네요. 큰일 날 뻔했어요."

의사 선생님이 걱정스러운 얼굴로 앉아 있는 엄마를 보며 말했다. 그리고 나를 돌아봤다.

"오늘은 아무것도 먹지 말고 약 먹고 푹 쉬어야 한다."

나는 고개를 끄덕였다. 기운이 하나도 없었다.

"희수야, 무슨 일이야? 아침까지는 괜찮더니."

집에 오자마자 엄마가 물었다.

"낮에 아이스크림을 먹었더니…."

한 번에 많이 먹었다는 말은 하지 않았다.

"당분간 찬 거 먹지 마. 알았지?"

엄마가 말했다. 침대에 혼자 누워 있는데 괜스레 눈물이 났다. 힘들어도 사람들 앞에서 웃어야 하고, 어렵게 영상을 찍어 올려도 조회수는 늘지 않고, 악플이나 달리고.

'인기 많은 유튜버라고 매일 좋은 건 아닌가 봐. 희수로 살면 재미있는 일만 가득할 것 같았는데.'

몸이 아프니 마음까지 가라앉는 것 같았다.

장염으로 이틀을 쉬고 학교에 갔다. 그런데 반 분위기가 조금 이상했다. '10분 동안 아이스크림 빨리 먹기!' 영상이 생각보다 반응이 좋아서, 애들이 날 보면 이전처럼 먼저 말을 걸 거라고 생각했는데 아니었다. 싸늘할 정도로 가라앉은 분위기에 애들이 자꾸만 내 쪽을 흘낏거리며 쳐다봤다. 은근히 나를 가리키며 자기들끼리 소곤거리는 애들도 있었다. 화장실에 가는데 다른 반 애들 역시 은근슬쩍 나를 봤다. 그러다 눈이 마주치면 슬며시 피해버렸다.

'뭐야, 이 분위기는.'

화장실에서 거울을 보다 애들 몇이 들어오는 소리가 나서 나도 모르게 화장실 빈칸에 들어가 문을 잠갔다.

"야, 김희수 얘기 들었지?"

희수라는 이름에 침을 꿀꺽 삼켰다. 귀를 문에 바짝 댔다.

"인터넷에 올라온 글 말이지?"

"애들한테 먼저 시비 걸었다면서?"

"인기 많다고 잘난 척한 거지."

"그러니까, 너무 잘나간다 했어."

"인성도 그런 애가 무슨 축제를 홍보하냐?"

애들이 비아냥거리듯 내 얘기를 했다.

'이게 무슨 말이지?'

너무 놀라 얼른 휴대폰을 열었다. 그리고 인터넷에 올라온 글을 검색했다. 얼마 전 인터넷에 올라왔던 축제 홍보 기사 밑에 댓글이 줄줄이 달려 있었다.

ㄴ 애가 사진 좀 찍어달라는데 그냥 가버리네요. 심지어 구독자에 팬

신호등 할머니와 풍선껌

인데. 형아랑 찍고 싶다고 울기까지 했는데 화내고 그냥 가버리다

니. 그게 그렇게 어려운 일인가요?

└, 생일이라 사진 찍어달라고 한 건데.

└, 김희수가 애들한테 먼저 욕하고 도망갔다고 함.

└, 애가 얼마나 실망했을까. 지가 뭐 얼마나 대단하다고.

└, 어린애가 돈만 벌려고 하는 거 보면 역겨움.

└, 요즘 초딩 무서워요.

└, 학교에서도 잘난 척 왕임. 난 구독 취소.

└, 유튜브 가르쳐달라고 했는데 개무시함. 완전 재수.

　댓글을 읽는데 손이 떨렸다. 머릿속이 하얘졌다. 아무래도 며칠 전 무인 가게에서 사진을 같이 찍지 않아서 누군가가 올린 것 같았다.

　'죄송하다고 아파서 못 찍는다고 말했는데….'

　'생일이라고 말한 적도 없으면서.'

　'난 잘난 척한 적 없어. 돈 벌려고 유튜브 하는 것도 아니라고.'

속상했다. 애들을 때린 적도 시비를 건 적도 없는데 사실이 아닌 댓글들이 하나씩 보태지는 게 어이없고 무서웠다.

교실에 가니 여전히 떨떠름한 눈빛으로 애들이 쳐다봤다. 내 자리로 지호가 다가오더니 물었다.

"너 사실이야? 유치원 애들 시비 걸었다는 거?"

지호 말에 애들이 내 쪽을 쳐다봤다.

"아니야."

"사진 안 찍어준 건?"

"그건 맞지만 배가 아파서…."

"맞네."

지호는 내 말을 다 듣지도 않고 딱 잘라 말했다.

"애들이 울면서 부탁해도 무시하고 그냥 가버렸다며."

"내 유튜브 나와달라고 했는데 한 번도 안 나왔잖아."

주변에 있던 애들이 웅성거렸다. 민지도 실망했다는 표정으로 고개를 돌렸다.

"아니야. 아니라고!"

내가 큰 소리로 말했다. 억울했다. 하지만 애들은 내가 어떤 말을 해도 믿으려고 하지 않았다. 변명하는 것 같아 더 말할 수가 없었다.

수업이 끝나자마자 집에 와서 유튜브 채널을 열었다. 최근 올린 아이스크림 영상에도 수많은 댓글이 달려 있었다. 하루 만에 구독자가 3분의 1이나 줄었다. 보고 싶지 않았지만 나도 모르게 댓글을 클릭했다.

> ┗, 돈 벌려고 이런 것까지 하냐? 꼴 보기 싫음. 망해라!
> ┗, 어린애가 못됐음.
> ┗, 난 원래 얘 싫었어.
> ┗, 유치원 애들한테 먼저 욕하고 시비 건 거 봤음.

마우스를 잡은 손이 덜덜 떨리고 가슴이 쿵쾅거렸다. 심장이 오그라들어 더 읽을 수가 없었다. 내가 하지 않은 일이 정말로 한 것처럼 꾸며지고, 지금까지 나를 좋아했던 사람들이 어떻게 이렇게 한순간에 태도를 바꿀 수 있는 건지, 무섭고 겁이 났다. 댓글들이 날카로운 가시가 되어 가슴을 쿡 쿡 찔러대는 것 같았다.

"희수야."

언제 들어왔는지 엄마가 낮게 불렀다. 다 알고 있는지 엄마 눈이 붉게 충혈되어 있었다. 엄마를 보자 왈칵 눈물이 났다.

"엄마, 나 아니야. 난 애들 괴롭힌 적도 없고 돈만 벌려고 유튜브 하는 것도 아니야. 난…."

"알아. 알아, 희수야."

엄마가 등을 토닥여 줬다.

"희수야, 시간이 지나면 괜찮아질 거야. 사람들도 진실을 알아줄 거야."

엄마가 말했다.

'정말 그럴까? 그랬으면 좋겠는데 그런 날이 오지 않으면 어쩌지?'

겁이 났다. 사람들 얼굴을 보는 게 무서웠다. 희수를 보면 항상 당당해 보여서 매일 행복할 줄 알았는데…. 힘든 일은 누구에게나 있었다. 단지 그 사람이 되어보지 않아서 모를

뿐이지.

무인 가게 CCTV에 배를 움켜잡고 나가는 장면이 찍힌 영상이 공개되면서 아파서 어쩔 수 없었다는 일이 밝혀져 그 일은 일단락되었다. 하지만 그 이후에도 여전히 악플을 다는 사람들이 있었다. 어린애가 돈을 많이 번다는 게 짜증 나서 보기 싫다는 사람도 있었고 그냥 이유 없이 내가 싫다는 사람들도 있었다.

엄마 말처럼 모든 사람에게 좋은 사람이 될 수 없다는 건 알지만 그래도 욕하거나 비난하는 글을 읽을 때마다 마음이 콩알보다 더 작아졌다. 내가 그 사람들 말대로 정말로 못난 사람처럼 느껴지기도 했다. 희수만 되면 절대 이런 기분은 느끼지 않을 줄 알았는데…. 오히려 내 모습으로 지냈을 때보다 더 우울했다. 당분간은 유튜브에 영상을 올리지 않기로 엄마와 약속했다.

마땅히 할 일도 없고 답답해서 주말 아침 일찍 밖으로 나왔다. 사람들이 알아볼까 싶어 챙이 긴 모자를 푹 눌러쓰고 마스크도 했다. 거기에 점퍼에 달린 후드까지 뒤집어썼다.
밖으로 나와 무작정 걷고 있는데 어디선가 왁자지껄 웃으며
길을 걷는 한 무리의 아이들이 보였다. 그 가운데 재우가 있
었다.

"재우야, 진짜 재밌겠다."

"놀이공원 마지막 시간까지 있다가 오는 거다."

애들이 재우를 보며 신이 난 얼굴로 말했다.

"당연하지. 불꽃놀이까지 다 보고 오자. 점심으론 햄버거
살 테니까 기대하라고."

재우가 어깨를 으쓱거렸다.

"역시 재우라니까."

지민이가 재우 등을 토닥였다.

'재우는 애들이랑 놀이동산 가나 보네. 좋겠다.'

재우는 돈이 많아서 애들 먹을 것도 잘 사주고 피시방도
자주 간다던 창수 말이 떠올랐다. 그래서 그런지 재우는 늘
부족한 게 없어 보였다. 항상 애들 사이에서 웃고 있었으
니까.

'휴, 놀이동산 가본 적이 언제냐. 나도 아무 걱정 없이 마음껏 놀고 싶다.'

사람들이 알아볼까 봐 모자를 푹 눌러쓰고 잔뜩 웅크리고 있는 내가 한심해 보였다. 짜증 나고 힘들어도 괜찮은 척 웃어야 하고, 조회수와 구독자 수에 자꾸만 신경 쓰게 되고, 무엇보다 온라인에서 뱉어낸 나쁜 말들에 자꾸 움츠러드는 내 자신이 초라하게 느껴졌다. 지금은 그냥 다 잊고 아무 생각 없이 신나게 놀고만 싶었다.

'그래, 재우가 되는 거야. 그럼 더 이상 사람들 눈치도 안 보고 친구들이랑 매일 놀고, 사고 싶은 것도 마음껏 살 수 있어. 재우가 돼서 그렇게 신나게 지내보는 거야.'

그런 생각을 하자 우울했던 기분이 나아졌다.

나는 얼른 주머니에 손을 넣어 풍선껌을 꺼냈다. 풍선껌을 싸고 있는 보라색 종이를 벗겼다. 포도색 점들이 콕콕 박힌 껌을 입에 넣고 천천히 오물거렸다. 새콤한 포도 맛이 입안 가득 퍼질수록 몸이 점점 가벼워지는 것 같았다. 축 가라앉아 있던 마음이 들뜨기 시작했다.

'이제 놀이동산으로 가볼까?'

생각하는 순간 얼굴만큼 커진 풍선껌이 '팡' 소리를 내며 터졌다.

나는 재우가 되었다.

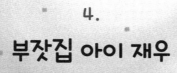

4.
부잣집 아이 재우

"재우야, 뭐부터 탈까?"

"응?"

"아까부터 무슨 생각을 그렇게 해? 물어도 대답도 없고."

지민이가 내 얼굴을 빤히 보며 물었다.

"어? 아니야, 다 재미있어 보여서."

진짜였다. 놀이동산은 초등학교 2학년 때 엄마랑 아빠랑

같이 와보곤 처음이었다. 평일에는 학원에 다니느라 시간이

없었고, 주말에는 늦잠을 자거나 밀린 숙제를 하느라 시간

이 없었다. 물론 친구들과 놀이동산을 간다면 새벽부터 일어날 수 있지만, 엄마는 분명 보호자가 없다며 보내주지 않을 게 뻔했다. 그렇다고 엄마와 아빠가 함께 가주는 것도 아니라서, 오랜만에 온 놀이동산에서 나는 한껏 들떴다.

난 휘둥그레진 눈으로 주변을 돌아보았다. 휘황찬란한 놀이 기구들이 요란한 소리를 내며 움직이고 있었다. 아이들의 신나는 비명과 즐거운 웃음소리가 사방에서 들려오고, 팔짱을 낀 연인과 사진을 찍는 가족들 모습도 보였다. 쨍쨍한 햇살과 흐드러지게 만발한 꽃들만큼 모두가 즐거워 보였다.

"야, 너 저번 주에도 다른 애들이랑 왔었잖아."

지민이가 황당하다는 표정으로 쳐다봤다. 입장료가 부담스러워 자주 오기도 부담되는데 재우는 저번 주에도 왔었다니.

"그냥 올 때마다 좋아서 그렇지 뭐."

나는 대강 얼버무리고 가까이에 있는 범퍼카를 타러 갔다. 우리 차례가 되자 모두 각자 한 대씩 차에 올라탔다. 나는 빨간색 범퍼카에 올라 핸들을 잡았다. 신나는 음악 소리를 들으며 차를 몰았다. 우리는 범퍼카를 타면서 일부러 세게 부딪히기도 하고 도망 다니기도 했다. 어찌나 신이 나던지 꼭 1분 만에 내린 것처럼 아쉬웠다. 다음은 바이킹을 탔다. 우리는 바이킹 제일 끝줄에 앉았다. 거의 수직으로 올라갔다가 내려오는데, 땅으로 빠르게 내려올 땐 심장이 먼저 쿵 떨어지는 것 같았다. 지민이랑 다른 애들은 두 손을 하늘로 올리고 만세를 불렀지만, 나는 두 손으로 안전바를 꼭 잡고 꽥꽥 소리를 질렀다.

"재우야, 너 오늘은 왜 그렇게 소리를 질러? 무서운 거 잘 타잖아."

지민이가 바이킹에서 내려오면서 물었다.

"그래야 재미있지."

"너 오늘 좀 이상해."

지민이가 고개를 갸웃거렸다. 이어서 후룸라이드를 타러 갔다. 예전에 아빠 엄마랑 왔을 때 내가 제일 좋아하던 놀이 기구였다. 배를 타고 시원한 풀을 한 바퀴 돌다가 급류를 내려오는데, 두 번째 경사는 높이가 꽤 있어서 배가 떨어질 때 스릴 있고 짜릿했다. 맨 앞에 앉아서 머리와 옷이 다 젖었지만 상관없었다. 얼마 만에 타는 놀이 기구인지, 그저 너무 재밌었다. 무엇보다 친구들이랑 함께 놀 수 있어 좋았다.

"야, 배고프다. 뭐라도 먹자."

애들 말에 햄버거 가게로 갔다. 가자마자 메뉴 가격부터 살펴봤다. 용돈이 많지 않아서 뭐든 사 먹을 때마다 가격을 먼저 보는 습관 때문이었다.

'비싸네. 놀이동산이라 그런가.'

"재우야, 난 불고기버거랑 콜라."

"나도!"

"나는 새우버거 세트."

메뉴판을 보고 있는데 애들이 나를 보고는 말했다.

'왜 나한테 말하는 거야? 아, 맞다. 나 지금 김재우지?'

재우가 되기 전 햄버거를 사겠다며 애들한테 으스대던 재우 모습이 생각났다. 계산을 어떻게 해야 하나 고민하고 있는데 휴대폰 케이스 뒤에 꽂힌 카드가 눈에 들어왔다. 일

단 키오스크 앞에 서서 애들이 원하는 걸 주문하고 나도 불고기버거 세트를 골랐다.

"헉, 28,900원?"

일주일에 5천 원 용돈을 받는 내가 한 번에 3만 원 가까운 돈을 쓰려니 괜스레 마음이 두근거렸다. 그렇다고 애들한테 큰소리를 쳐놓고 이제 와서 햄버거를 사줄 수 없다고 할 수도 없었다.

'나는 지금 재우야. 창수가 그랬잖아. 재우는 돈이 많아서 원하는 건 다 산다고.'

조심스럽게 휴대폰 케이스에서 카드를 꺼내 카드 넣는 곳으로 밀어 넣었다.

'계산이 안 되면 어쩌지.'

걱정하고 있는데 화면에 '결제 중'이라는 문구가 얼마 안 돼 '결제 완료'로 바뀌었다.

'우와, 결제가 되네.'

처음으로 카드를 써봤는데 결제가 되니 신기했다. 내가 벌써 어른이 된 것 같은 기분이 들었다. 일주일에 5천 원을 주면서 번번이 아껴 쓰라고 잔소리하던 엄마가 생각났다. 내가 원하는 장난감이나 게임 아이템은 하나도 살 수 없었는데…. 이제 그런 고민은 하지 않아도 될 것 같았다.

주문한 햄버거가 나왔다.

"재우야, 잘 먹을게."

"이거 진짜 맛있다."

"재우야, 땡큐."

애들이 한마디씩 했다. 어깨가 슬쩍 올라갔다.

점심을 먹고 놀이 기구를 더 탔다. 하늘에 매달린 자전거를 타고 개미만큼 작아진 풍경을 사진 찍기도 하고 VR 공포 체험을 하기도 했다. 같이 간 애 중 한 명이 꽥꽥 비명을 지르며 허공에 팔을 허우적대는 걸 보면서 낄낄거리며 웃기도 했다. 롤러코스터를 타서 발이 붕 뜬 채로 거꾸로 매달려 있을 때는 무서워서 애들 몰래 눈물을 찔끔 흘리기도 했다. 하늘을 나는 그네와 오락실까지 즐기고 나니 어느덧 시간이 꽤 흘렀다.

'곧 러브캐슬 앞에서 불꽃놀이가 있을 예정입니다. 관람을 원하시는 분은 러브캐슬 앞으로 모여주세요.'

안내 방송이 나왔다.

"야, 불꽃놀이 보려면 이동하자."

내가 말하자 한 애가 휴대폰을 보더니 얼굴을 찡그렸다.

"나 지금 가야 해. 엄마가 늦었다고 빨리 오래."

"나도."

누군가와 통화를 하고 있던 애도 아쉬운 얼굴로 말했다. 그때 지민이 휴대폰이 울렸다.

"어? 아빠! 불꽃놀이까지 보면 안 돼? 응? 제발."

잠시 후 통화를 끝낸 지민이 얼굴이 환해졌다.

"난 불꽃놀이 끝날 때 아빠가 데리러 온대. 재우 넌?"

휴대폰을 보니 전원이 꺼져 있었다. 아무래도 배터리가 다 된 것 같았다.

"난, 휴대폰이 꺼졌어."

"내 걸로 전화할래? 아니면 이따가 나랑 같이 갈래? 너네 우리 집 바로 근처잖아. 아빠가 태워다 주실 거야."

지민이 말에 고개를 끄덕였다. 어차피 집도 모르고 엄마 휴대폰 번호도 모르는데 오히려 잘됐다 싶었다. 먼저 집에 가야 하는 애들을 보내고 지민이랑 둘이 불꽃놀이를 보았다. 어두운 하늘에 다양한 색과 모양의 불꽃이 펑펑 터지는 모습은 그야말로 환상적이었다.

'와, 진짜 멋있다.'

종일 신나게 놀고 즐겨본 게 얼마 만인지, 너무나 행복했다. 광장 중심으로 펼쳐진 화려한 퍼레이드와 불꽃놀이까지 보고 나서 지민이와 지민이 아빠 차를 탔다.

"잘 놀았어?"

지민이 아빠가 지민이에게 물었다.

"응. 진짜 재미있었어."

지민이가 흥분하며 떠들었다.

"재우야, 너도 재밌었지?"

지민이가 나를 보며 물었다. 나는 고개를 끄덕였다.

"녀석. 다음엔 아빠랑 또 오자."

지민이 아빠가 지민이에게 말했다.

"그런데 다음부터는 너희들끼리 이렇게 너무 늦게 다니는 건 안 돼. 알았지?"

지민이 아빠가 지민이와 나를 보았다.

"네."

지민이를 따라 나도 작게 대답했다. 그러면서 한편으론 걱정이 되었다. 연락도 없이 늦었다고 혼날 게 분명했으니까. 우리 엄마 같으면 벌써 스무 번은 넘게 전화를 했을 거였다.

"아빠, 여기가 재우네 집이야."

지민이 말에 지민이 아빠가 연두색 대문의 단독주택 앞에 차를 세웠다. 나는 얼른 인사를 하고 차에서 내렸다.

'휴~ 엄청 혼나겠지?'

깜깜한 주변을 보니 한숨이 나왔다. 벨을 눌렀다. 삑 소리와 함께 덜컹 대문 열리는 소리가 났다. 계단을 다섯 칸 올라 현관문을 밀고 들어갔다. 엄마가 식탁 위에 앉아 있었다.

"왜 이렇게 늦었어?"

엄마가 노트북 화면을 보다 말고 나를 보고 한 소리 했다.

"휴대폰이 꺼져서 연락을 못 했어. 불꽃놀이까지 보느라고."

뒷말을 얼버무렸다.

"알았어. 얼른 들어가."

"어?"

"엄마 내일까지 처리해야 하는 일 있어서 바쁘니까 얼른 들어가라고."

"응."

엄마는 더 말하지 않았다. 탁탁 노트북으로 타자 치는 소리만 들렸다. 불호령이 떨어질까 봐 잔뜩 겁먹었는데 다행이었다. 나는 얼쩡대며 서 있다가 괜히 한 소리 더 들을까 싶어 얼른 방으로 들어갔다.

'재우 엄마는 늦게까지 놀아도 혼도 별로 안 내네. 우와, 좋다.'

방에 들어가자마자 휴대폰 전원을 켜고 충전했다.

'위잉~!'

쉴 새 없이 메신저가 울렸다. 오늘 찍었던 사진을 애들이 메신저 방에 올리고 있었다. 사진을 보니 즐거웠던 때가 생각나 웃음이 났다. 그런데 엄마한테 온 부재중 문자나 전화는 한 통도 없었다. 연락 없이 늦어서 당연히 전화나 문자가 여러 통 와 있을 거라고 생각했는데…. 혼나지 않아서 다행이면서도 뭔가 서운한 기분이 들었다.

'에이, 재우를 믿어서 그런 거겠지. 암튼 오늘 늦게까지 친구들이랑 실컷 놀고, 간만에 진짜 재밌었어. 재우가 되길 진짜 잘했다니까.'

침대에 누우니 피곤이 몰려와 그대로 잠이 들었다.

늦잠을 잤다. 시계를 보니 11시였다. 목이 말라 거실로 나갔다. 냉장고 문을 열려는데 쪽지가 붙어 있었다.

'엄마 중요한 약속 있어서 나가. 일어나면 냉동실에 피자나 볶음밥 있으니까 데워 먹어.'

엄마가 나갔다고 했지만, 괜스레 안방 문을 열어보았다. 역시 아무도 없었다. 배가 고파서 냉장고를 열었다. 엄마 말대로 냉동실에 피자, 만두, 냉동 볶음밥이 가득했다. 식탁 옆 수납장에는 컵라면, 과자, 음료수 등이 쌓여 있었다. 나는 무선 주전자에 물을 끓이고 컵라면을 뜯었다. 내가 라면을 먹을 때마다 "또 라면이야? 밥을 먹어야지." 하면서 잔소리하던 엄마가 생각나 피식 웃음이 났다. 엄마 눈치가 보여서 일주일에 라면 하나도 겨우 먹었는데, 종류별로 라면이 가득 채워져 있는 걸 보면 재우는 아무 때나 마음껏 먹을 수 있는 것 같았다.

'재우로 사는 동안 라면도 실컷 먹어야지. 이히히.'

나는 컵라면 두 개를 국물까지 싹 비우고는 텔레비전을 보다가, 채널을 돌려도 더는 재미있는 프로그램이 없어 방으로 들어왔다.

어제는 바로 잠이 들어서 잘 보지 못했는데 재우 방은 넓고 근사했다. 색깔을 맞춘 침대와 책상, 옷장이 있고 방 한쪽에는 놀 만한 것들이 가득했다. 최신형 게임기도 여러 개였고 대형 모니터가 달린 컴퓨터도 있었다. 한쪽 벽에는 피규어가 전시된 장식장이 있었는데, 하나에 몇만 원에서 몇

십만 원까지 하는 고가의 피규어도 꽤 많았다.

'우와.'

입이 떡 벌어졌다.

'난 만 원짜리 장난감 하나 사려면 며칠 동안 간식도 못 먹고 용돈을 아껴야 하는데….'

나라면 상상할 수도 없는 일이었다. 나는 한참 동안 피규어를 구경했다. 긴 검을 차고 있는 로봇 피규어가 눈에 들어왔다. 갖고 싶었지만 비싸서 엄마한테 말도 꺼내보지 못했는데. 손때라도 묻을까 봐 조심스럽게 꺼내서 보고는 다시 그 자리에 올려놓았다.

그러고는 뭘 할까 두리번거리다 게임을 하려고 컴퓨터를 켰다. 바탕화면에 깔린 여러 게임 중 하나를 클릭했다. 나도 평소 좋아하는 게임이었다. 재우는 자주 들어갔는지 랭킹이 꽤 높았다. 화면이 크고 성능이 좋아서 게임 할 맛이 났다. 꼭 피시방에 와 있는 것 같았다. 나는 던전으로 입장해서 적군의 은거지를 찾아 나갔다. 마녀와 괴물을 공략하고 레이저 검과 방패 등 각종 아이템을 구입해 쉴 새 없이 공격

했다. 아이템 덕분인지, 마녀를 무찌르는 데 성공해 황금열쇠를 획득할 수 있었다. 게임 포인트가 계속 올라갔다. 괴물 공격까지 성공하자 레벨이 업그레이드되면서 황금 동전과 보석까지 얻을 수 있었다.

'앗싸!'

그동안 한 번도 성공하지 못했던 게임이었다. 꼭 필요한 아이템을 사려고 해도 엄마한테 졸라야 겨우 하나 살 수 있어서 게임을 해도 이기지 못할 때가 많았다. 게임도 허락을 받아야 한두 시간 겨우 할 수 있었는데 지금은 세 시간째 게임을 해도 뭐라고 하는 사람이 없었다.

'이런 게 천국이지. 암, 그렇고말고.'

화장실을 가야 할 때를 빼고는 방에 들어앉아 게임을 했다. 시간이 어떻게 가는지도 모르고 푹 빠져 있는데, 휴대폰이 울렸다.

"여보세요."

"엄마야. 곧 들어가. 오늘 아빠 출장 갔다 오는 날인 거 알지? 외식할 거니까 준비하고 있어."

"응."

나는 조금 더 게임을 하다 나왔다. 고개가 아프고 오른팔이 뻐근했지만, 게임을 하는 동안은 재미있어서 그런지 아픈 것도 못 느꼈다.

'역시 재우가 되길 잘했어. 마음대로 실컷 게임도 할 수 있고.'

주말에도 학원 숙제하랴 엄마 눈치 보랴 휴대폰으로 잠깐 게임을 하는 게 다였는데 이렇게 맘대로 편하게 놀 수 있다니, 정말 꿈만 같았다.

저녁에는 아빠 엄마랑 레스토랑에 갔다. 고급 레스토랑이었다. 대리석 바닥에 문고리와 샹들리에가 반짝거렸다. 예약된 테이블에 앉으니 코스 요리가 하나씩 나왔다. 컵라면을 먹은 게 전부라 음식을 보자마자 배가 요동쳤다. 하나같이 고급 접시에 나온 음식들은 보기에도 예쁘고 맛도 좋았다. 처음 먹는 음식도 많았다.

'이런 비싼 레스토랑은 처음 와보네. 진짜 맛있다.'

디저트까지 싹싹 남김없이 먹었다. 집에 오자마자 아빠가 커다란 상자 하나를 내밀었다.

"재우야, 출장 갔다가 샀는데 열어봐."

"내 선물이야?"

내가 눈을 동그랗게 뜨고 묻자 아빠가 고개를 끄덕였다.

'뭘까?'

난 두근거리는 마음으로 포장지를 뜯고 상자를 열었다. 명품 운동화였다.

'우와. 이 브랜드 한 번도 못 신어봤는데.'

심지어 아직 우리나라에 들어오지 않은 제품이라고 했다. 난 흥분한 표정으로 바로 신발을 신어보았다. 발에 꼭 맞았다. 명품 운동화를 신고 있자니 내 발이 꼭 명품이 된 것 같았다.

"일주일 뒤에 생일이지? 생일 선물로 미리 준 건데 마음에 들어?"

아빠가 물었다.

"응. 너무 좋아."

내가 방방 뛰며 말하자 아빠가 흐뭇한 표정을 지었다.

"그런데 생일에 캠핑 가고 싶다고 했는데, 이번에는 아빠가 바빠서 안 될 것 같아."

"괜찮아."

난 신발에서 눈을 떼지 않은 채 말했다. 재우는 어떨지 모르겠지만 난 캠핑보다 명품 운동화가 훨씬 좋았다.

'내가 언제 이런 신발을 신어보겠어? 애들이 깜짝 놀라겠지?'

얼른 내일이 왔으면 좋겠다는 생각이 들었다. 난 운동화를 침대 머리맡에 두고 잤다.

다음 날 학교에 가서 아빠가 사 온 초콜릿을 돌렸다.

"너무 맛있다. 이거."

"재우야, 나 하나만 더 줘."

"음, 살살 녹는다."

애들이 맛있다며 아우성이었다.

"역시 재우가 가져온 건 다 맛있다니까."

초콜릿을 하나 더 먹으려고 하는 말들이었지만 그래도 기분이 좋았다. 가져온 초콜릿 두 봉지가 금방 동이 났다.

체육 시간에 운동장에 나갔는데 내가 신은 신발을 보고 애들 눈이 모두 휘둥그레졌다.

"어? 이거 우리나라에 들어왔어? 이 시리즈 아직 못 봤는데."

"우리나라에는 아직이래. 아빠가 외국 출장 갔다가 사 오신 거야."

"진짜? 완전 부럽다."

"저거 되게 비싼 거 알지?"

"재우는 좋겠다."

애들이 하나같이 부러운 눈으로 한마디씩 했다. 나도 늘 재우가 좋은 옷에 좋은 신발을 신고 올 때마다 내심 부러워했는데. 힐끗힐끗 쳐다보는 애들의 시선에 무심한 척했지만, 괜히 목에 힘이 들어갔다. 명품 운동화를 신으니 내가 더 근사한 애가 된 것만 같았다.

"재우야, 다음 주에 생파 하는 거지?"

쉬는 시간에 지민이가 물었다.

"생파?"

"응. 너네 집에 오라고 했었잖아."

다음 주가 재우 생일이라더니 애들을 초대한 모양이었다.

"응. 해야지."

"앗싸, 그때 우리 신나게 놀자. 애들이 너희 집에서 게임
하고 놀 생각에 잔뜩 기대하고 있더라고. 히히."

지민이가 히죽거리며 웃었다. 생일파티라니. 나도 너무
기대되었다.

집에 들어왔는데 아무도 없었다. 학원에서 100점 받은 시
험지를 자랑할 생각에 부리나케 달려왔는데. 얼른 엄마한테
전화를 걸었다.

"여보세요."

"엄마!"

"무슨 일이야?"

내 목소리가 들떠 있었는지 엄마가 놀란 목소리로 물었다.

"나 영어 학원 듣기평가 만점 받았어."

"그래? 난 또 무슨 급한 일인 줄 알았네. 알았어. 엄마 지금 회의 들어가. 바쁘니까 이따가 얘기해."

엄마가 전화를 끊었다. 칭찬받을 거라 기대하고 있었는데, 뚝 끊긴 전화에 맥이 풀리고 기분이 착 가라앉았다. 식탁에 시험지를 아무렇게나 올려놓고 방으로 들어왔다. 심심해서 컴퓨터 게임을 했다. 시간이 얼마나 지났을까? 한창 게임을 하고 있는데 엄마한테 톡이 왔다.

> 저녁 뭐 먹을래? 배달시킬게.

> 엄마 또 늦어?

> 야근 있어. 9시쯤 갈 거야.

> 짜장면.

> 그래. 초인종 소리 잘 듣고 열어줘.

'혼자 먹고 싶지 않은데. 배달 음식도 지겨운데.'

처음에는 혼자 먹는 게 자유롭고 좋았다. 엄마 간섭 없이 밥을 먹으면서 게임도 하고 좋아하는 텔레비전도 마음껏 볼 수 있었으니까. 그런데 자주 혼자 먹다 보니 허전하고 외로웠다. 커다란 집에 혼자 덩그러니 있는 게 살짝 무섭기까지 했다. 게임 할 기분이 나지 않아 컴퓨터를 껐다.

그때 마침 벨 소리가 들렸다. 문을 열고 배달된 짜장면을 가지고 와서 식탁에 앉았다. 집 안이 고요하고 적막해서 텔레비전을 켰지만 하나도 재미가 없었다. 혼자 먹어서 그런지 짜장면도 맛이 별로였다.

"밥은 다 같이 둘러앉아 얼굴 맞대며 먹는 거야. 두런두런 얘기도 하고."

밥을 먹으며 할머니가 했던 말이 생각났다. 웬일인지 먹기 싫다고 투정 부렸던 엄마의 된장국도 생각났다.

'재우는 늘 이렇게 혼자 밥을 먹었을까?'

재우가 외롭고 심심했을 것 같았다.

'그래도 좋은 집에서 게임도 실컷 하고, 용돈도 많이 받고, 친구들이랑 놀이동산도 자주 가잖아. 곧 생일파티도 있고.'

생일파티를 생각하자 기분이 한결 나아졌다.

엄마는 늦게 집에 돌아왔다. 나는 엄마에게 시험지를 내밀었다.

"잘했네."

엄마가 희미하게 웃으며 말했다. 그러고는 피곤한지 방으로 들어갔다. 나는 생일파티에 관해 말할까 말까 망설이다 미리 말을 하는 게 좋을 것 같아서 안방 문을 열었다.

"엄마, 그런데 생일파티 말이야."

"생일파티?"

엄마가 침대에 앉아서 휴대폰을 보다 나를 돌아봤다.

"다음 주에 생일이라 친구들 부르려고."

"어디로?"

"집으로."

"안 돼! 엄마 바빠서 음식 해줄 시간 없어. 그리고 그날 엄마 집에서 일해야 해."

"애들이 집에 오고 싶다고 했는데."

"다음에 오라고 하고 밖에서 해."

"밖에서?"

"그래. 넉넉하게 돈 줄 테니까 맛있는 거 먹고 밖에서 놀면 되잖아."

"집에서 하고 싶은데."

"요즘 회사 일이 많아서 엄마 집에서도 일하는 거 몰라? 그리고 집에서 하면 음식 준비하랴 청소하랴 손 가는 게 한두 가지인 줄 알아?"

엄마가 인상을 쓰며 말했다.

"엄마 요즘 더 바빠져서 피곤하니까 그렇게 해. 알았지?"

더 대꾸할 수가 없었다.

"그리고 생일날 저녁은 엄마랑 아빠랑 맛있는 것 먹자. 응?"

엄마가 미안한지 한결 누그러진 목소리로 물었다. 계속 고집을 피울 수가 없어 고개를 끄덕였다.

생일날이 되었다. 집으로 애들을 부를 수는 없었지만 대신 밖에서 신나게 놀기로 했다. 집에서 하지 않는 대신 엄마가 체크카드에 돈을 넉넉히 넣어놓았다고 했다. 나는 엄마가 예약해 둔 패밀리 레스토랑에서 친구들과 점심을 먹었다.

"나 여기 처음 와봐."

"진짜 근사하다."

"재우 넌 좋겠다."

애들이 레스토랑을 둘러보며 한마디씩 했다. 점심을 먹고 나자 케이크가 나왔다. 엄마가 식당에 미리 얘기해 놓은 모양이었다.

"생일 축하합니다. 생일 축하합니다."

친구들이 손뼉을 치며 노래를 불러주었다. 쑥스러웠지만 축하받는 기분이 나쁘지 않았다. 점심을 먹고 나서는 다 같이 엄마가 대여해 둔 키즈 카페에 갔다. 동네에 새로 생겼는데, 고학년 대상으로 생긴 곳이라 반 애들한테 인기가 많은 곳이었다. 나는 입장료가 비싸서 딱 한 번밖에 가보지 못했던 곳이다.

"진짜 우리밖에 없네."

 신호등 할머니와 풍선껌

"나도 다음에 여기 빌려달라고 해야지."

"너희 엄마 짱 멋지다."

우리는 키즈 카페에서 짚라인과 클라이밍도 타고, 방방에서 누가 가장 높이 뛰는지 내기도 했다. 그곳에서 신나게 놀고 나서는 피시방과 코인 노래방에도 갔다. 체크카드에 돈이 넉넉해서 먹고 싶은 것도 잔뜩 사 먹고, 앨범 네 컷에서 웃긴 표정으로 사진도 찍었다.

"재우야, 오늘 진짜 재미있었어."

지민이가 엄지를 세우며 말했다.

"맨날 재우 생일이면 좋겠다."

"그러니까."

"나도 재우처럼 하루만 살아봤으면 소원이 없겠다."

애들이 저마다 부러운 듯 말했다. 나도 이런 근사한 생일 파티는 처음이었다. 생일이 방학 때라 엄마, 아빠, 할머니한테 선물 받고 외식하는 게 다였는데, 재우가 된 건 정말 잘한 일이라는 생각이 들었다. 난 애들한테 받은 선물을 챙겨 들고 집으로 향했다. 저절로 콧노래가 나왔다.

"잘 놀았어?"

집에 들어가자 엄마가 물었다. 아직 일하는 중이었는지 식탁 위에 노트북이 켜져 있었다.

"응. 진짜 재미있었어."

"그것 봐. 밖에서 해도 좋지. 돈 쓰면 되는 걸 왜 힘들게 집에서 하려고 해."

엄마가 눈을 살짝 흘기며 웃었다.

"엄마, 저녁엔 가족끼리 파티하는 거지?"

"어떡하지? 그러려고 했는데 아빠가 늦는대. 엄마도 아직 일이 안 끝났고. 친구들이랑 재미있게 놀았으니까 괜찮지?"

엄마가 물었다.

"으응."

대답은 그렇게 했지만, 사실은 괜찮지 않았다. 친구들보다 엄마 아빠한테 축하받고 싶었으니까.

"엄마, 오늘 앨범 네 컷 사진 찍었다."

나는 앨범 네 컷 사진을 꺼냈다. 엄마한테 오늘 재미있게 놀았던 얘기도 들려주고 친구도 소개해 주고 싶었다.

"엄마, 얘가 지민이인데…."

내가 사진을 보여주려는데 엄마 휴대폰이 울렸다.

"여보세요. 네. 보낸 자료가 잘못되었다고요?"

목소리가 날카로워지더니 엄마가 휴대폰을 들고 안방으로 들어갔다. 안방에서 날이 선 목소리가 들렸다. 가끔 한숨 소리와 푸념 소리도 났다. 난 안방 문 앞에 서 있다가 내 방으로 들어왔다. 항상 엄마한테 하고 싶은 말은 많은데, 엄마는 늘 바쁘다. 그래서 내 얘기를 들을 수가 없다. 책상 앞에 앉아 있는데 벌컥 방문이 열렸다.

"재우야, 엄마 지금 나갔다 와야 해. 배고프면 냉장고에 반찬 있으니까 챙겨 먹어."

엄마가 다급하게 말하고는 밖으로 나갔다. 애들이랑 이 것저것 많이 사 먹어서 배가 고프지는 않았지만, 생일날이라 그런지 할머니 미역국이 생각났다. 생일 아침이 되면 우리 할머니는 소고기를 듬뿍 넣고 미역국을 끓여주셨다.

"생일은 한 해의 시작이여. 미역국을 먹어야 또 한 해 건

강하게 보내는 거여. 우리 손주 생일 축하혀."

그러고는 나를 꼭 안아주셨는데. 생일날 할머니 미역국을 못 먹어서 그런지, 할머니가 더 보고 싶었다. 이상하게 재우가 되고부터 할머니 생각이 더 많이 났다.

"재우야, 여기 앞에 마라탕 가게 생겼대. 먹고 갈래?"

영어 학원이 끝나자 지민이가 물었다.

"잠깐만, 엄마한테 물어보고."

엄마한테 전화했다. 엄마가 오늘도 늦으니까 알아서 먹고 오라고 했다. 나는 지민이랑 마라탕 가게에 갔다. 저녁 먹을 시간이 아니라서 그런지, 사람이 많지는 않았다.

"너는 말하면 엄마가 다 된다고 하더라."

지민이가 말했다.

"왜, 부러워?"

"당연하지. 난 친구랑 밖에서 먹고 간다고 하면 엄마한테 겨우 허락받아야 하거든. 밥은 꼭 집에서 먹으라고 말이야."

"그게 좋은 거야."

"뭐?"

"엄마가 집에서 밥 해주는 거, 그게 좋은 거라고."

"좋기는. 너 꼭 우리 엄마처럼 말한다."

지민이가 입을 삐죽거렸다.

"난 네가 부러워. 맛있는 거 먹고 싶으면 맘대로 사 먹을 수 있고, 애들이랑 놀고 늦게 가도 뭐라고 안 하고. 난 마라탕 먹고 또 후다닥 뛰어가야 한다니까. 조금이라도 늦으면 얼마나 잔소리를 한다고. 지난번 놀이동산 갔다 왔을 때도 왜 그렇게 늦었냐고 귀에 피가 날 정도로 엄마한테 잔소리 들었어. 아빠한테 허락받은 건데도 엄마는 당분간 놀이동산 갈 생각도 하지 말래. 완전 치사해."

지민이가 볼멘소리를 했다. 나도 예전에는 지민이처럼 재우를 부러워했지만, 지금은 잘 모르겠다. 집에서 혼자 밥을 먹고, 늦게까지 게임을 해도 엄마가 잘 모르고, 늦게 들어가도 뭐라고 하지 않는 게 부러워할 일인 건지. 그냥 가족과 같이 밥 먹고, 늦게 들어가거나 밤늦도록 게임을 하면 엄마가 잔소리도 좀 해주면 좋을 것 같다. 아마 지민이에게 이런 말을 하면 배부른 소리라고 하겠지?

우리는 마라탕에서 제일 매운맛에 도전해 보기로 했다. 그래서 빨간 고추가 다섯 개나 그려진 마라탕을 주문했다. 한입 먹자마자 혀를 덴 것처럼 맵고 화해서 얼얼했다. 속도 쓰렸다. 그래도 도전을 포기할 순 없었다.

"야, 너 못 먹으면 말해."

"너나 못 먹으면 말해."

괜한 오기를 부리며 지민이와 나는 음료수와 물을 먹어 가며 매운 마라탕을 다 먹었다. 입도 얼얼하고 속도 아픈 것 같았지만, 괜찮은 척했다. 무인 가게에서 아이스크림도 하나씩 골랐다. 아이스크림을 먹다 시계를 보더니 지민이가 늦었다면서 서둘렀다. 난 지민이를 집까지 데려다주고는 느릿느릿 집으로 갔다. 어차피 집에 가도 아무도 없을 거였다. 엄마는 곧 회사에서 전시가 있다며 더 바빠졌고 아빠는 해외 출장에서 돌아온 날만 얼굴을 볼 수 있었다.

가끔 엄마는 아빠랑 엄마가 힘들게 고생하는 게 나한테 용돈도 줘야 하고 좋은 학원을 보내야 해서라고 말했지만,

나는 정말 그런지 궁금할 때가 있다. 때로는 용돈을 받지 않아도 괜찮으니 엄마가 일하지 않았으면 좋겠다는 생각이 들 때도 있었으니까.

집에 오자마자 불을 켰다. 혼자 있는 게 쉽게 익숙해지지 않았다. 오늘도 심심해서 컴퓨터를 켰다. 그런데 배가 슬슬 아팠다. 괜찮아지겠지 했는데 복통이 점점 더 심해졌다. 이마에서 식은땀이 났다. 참으려고 했는데 아파서 저절로 인상이 찌푸려졌다. 배를 움켜쥐고 엄마한테 전화했는데 받지 않았다. 두 번 더 걸었지만 똑같아서 아빠한테 전화했다.

⊙ 지금은 회의 중이오니 다음에 다시 걸어주시기 바랍니다.

기계음이 들렸다.

"으윽."

아무래도 배에 탈이 난 것 같았다. 속이 뒤집힌 것처럼 아팠다. 그때 엄마한테 전화가 왔다.

"엄마, 나 배가 너무 아파."

힘없이 겨우 말을 했다.

"아유, 어떡해? 엄마 지금 회의 중에 잠깐 나온 건데. 일단 끊어봐. 엄마가 아빠한테 전화해 볼게."

엄마가 전화를 끊었다. 1분이 한 시간처럼 느껴졌다. 그때 지민이한테 전화가 왔다.

"야, 너 괜찮아? 나 배가 너무 아파서 병원 가려고. 아무래도 마라탕 때문인 것 같아서 전화해 본 거야."

"나도 너무 아파. 그런데 집에 아무도 없어."

"뭐?"

집이 가까워 지민이 엄마가 지민이를 데리고 병원에 가는 길에 나를 함께 데리고 가까운 대학병원 응급실로 갔다.

"향신료와 자극적인 매운맛이 몸에 안 맞았을 수 있어요. 가끔 마라탕 먹고 배탈 나는 친구들이 있더라고요."

의사 선생님 말씀에 지민이 엄마가 지민이를 쏘아보며 눈을 가늘게 뜨고 물었다.

"매운 것도 잘 못 먹는 애가 얼마나 매운 걸 먹은 거야?"

"제일 매운 거."

"뭐?"

지민이 엄마가 도끼눈을 뜨며 놀란 얼굴을 했다. 잘못한 것 같아 나도 지민이를 따라 고개를 움츠렸다. 우리는 진료를 받고 병실에 나란히 누워 수액을 맞았다. 다행히 누워 있는 동안 아픈 게 조금씩 가라앉았다. 지민이 엄마가 우리 엄마랑 통화하는 소리가 들렸다. 나는 자는 척 눈을 감았다.

"네. 수액 다 맞고 데려다줄게요. 네, 괜찮아요. 지금 잠든 것 같아요."

지민이 엄마가 통화를 끝내고는 지민이 이마에 손을 대 보고는 중얼거렸다.

"아유, 우리 아들 고생하네. 내가 대신 아프면 좋겠는데."

그러고는 얼굴을 쓰다듬었다. 잠이 들었는지 지민이에게서 쌔근거리는 숨소리가 났다. 나는 흘낏 지민이 쪽을 보다 눈을 감았다. 배가 아픈 것보다 마음이 더 아팠다. 지난번에 내가 아파서 병원에 입원했을 때 할머니와 엄마가 번갈아 머리를 만져주고 토닥여 주었던 게 생각났다.

'할머니! 엄마!'

눈물이 날 것 같아 얼른 고개를 옆으로 돌렸다.

수액을 다 맞고 지민이 엄마가 집에 데려다주었다. 기운
이 하나도 없었다.

"이거 약 잘 챙겨주세요."

지민이 엄마가 말했다.

"네. 오늘 정말 감사해요."

엄마가 퀭한 얼굴로 말했다. 엄마는 나를 방으로 데리고
가 눕혔다.

"좀 괜찮아?"

"응, 나 좀 잘게."

"그래."

엄마가 방에서 나가자 나는 눈을 감았다. 아빠가 왔는지
현관에서 소란스러운 소리가 났다.

"재우는?"

"지금 자."

"당신은 애가 아프다는데 회사 일이 중요해?"

아빠 목소리가 들렸다.

"그러는 당신은? 내가 회의 때문에 못 나오고 있으면 당신이라도 나와야 할 것 아니야? 내가 전화해서 빨리 가보라고 했는데 당신은 왜 못 나온 거야?"

엄마 목소리도 높아졌다.

"나도 일하느라 못 나왔지. 갑자기 어떻게 나와?"

"누군 일 안 해?"

"그래도 재우부터 챙겨야 할 거 아니냐고?"

"그럼 당신이 나오지 그랬어? 그럴 상황이 아니었으니까 그랬지."

엄마 아빠가 큰 소리로 다투는 게 들렸다. 그 말들이 마음을 콕콕 찌르는 것 같았다.

"조용히 해. 애 깨겠어."

"하여튼 무슨 일을 한다고? 에잇!"

엄마 아빠가 나 때문에 싸우는 게 싫었다. 잠이 확 달아난 나는 이어폰을 꽂고 음악을 틀었다. 휴대폰 화면을 넘겨 보는데 앱 하나가 눈에 들어왔다. '비밀일기'라는 앱이었다.

'비밀일기?'

궁금해서 앱을 열었다. 지문 인식을 하고 나니 화면이 열렸다. 달력이 보였고 일기를 쓴 날은 빨간색으로 표시가 되어 있었다.

'봐도 될까?'

망설이다 재우 마음이 알고 싶어 열어보았다. 내가 재우가 되고 나니 허전하고 외로운 날이 많았는데, 진짜 재우도 그랬는지 궁금했다.

ㅡ 지민이가 아빠랑 둘이 캠핑을 갔다 왔다고 자랑했다. 캠핑장에서 고기도 구워 먹고 같이 별도 보고 텐트에 누워 잠도 잤다고 했다. 나도 아빠랑 꼭 캠핑 가고 싶다.

ㅡ 아빠 얼굴 못 본 지 오래됐다.

ㅡ 아빠가 생일 전에는 집에 온다고 했다. 캠핑도 같이 간다고 했다. 진짜 기다려진다.

'재우는 아빠와의 캠핑을 많이 기다렸구나. 그런데 결국 못 갔는데.'

아빠와 캠핑 가기를 목 빠지게 기다렸던 재우에게 재우 아빠는 바빠서 어렵다며 대신 운동화를 사다 주었다. 그것도 모르고 명품 운동화라며 펄쩍 뛰고 좋아했던 내 모습이 떠올라 괜히 재우한테 미안해졌다.

나는 다른 날 일기도 읽어보았다.

– 엄마는 너무 바쁘다. 학교 숙제 때문에 전화했더니 바쁘다고 알아서 하라고 했다. 엄마는 맨날 알아서 하라고 한다. 난 엄마랑 같이 하고 싶은데.

– 오늘도 친구랑 놀다 왔다. 집에 오면 맨날 혼자 있어서 일찍 오기 싫다.

– 엄마는 용돈을 많이 준다. 근데 나는 엄마가 돈을 많이 안 줘도 괜찮다. 그냥 내 얘기를 들어주면 좋겠다.

'재우가 많이 힘들었구나. 좋은 옷에 용돈도 많이 받는 걸 부러워하기만 했는데.'

일기를 읽는데 코끝이 찡했다. 재우는 겉으로 보기에는 행복해 보였지만, 아니었다. 일기 속 재우는 많이 외로워 보였다. 문득 재우가 '꿈 발표' 시간에 좋은 아빠가 되는 게 꿈이라고 했던 게 생각났다. 재우에게는 함께 캠핑도 가고 자기 얘기도 들어주고 아플 때 달려와 주는 엄마 아빠가 필요했을 텐데…. 아마 그런 사랑을 받지 못해서 자신은 그렇게 사랑을 주는 아빠가 되고 싶다고 한 건 아닐까 싶었다. 일기를 넘기다 무심코 동민이라는 글자가 눈에 들어왔다.

"동민이? 내 이름이잖아?"

나는 얼른 그 일기를 열어보았다.

– 학교에서 현장 체험학습을 다녀왔는데 비가 왔다. 엄마한테 전화했다. 혹시 엄마가 온다고 하면 한참이라도 기다릴 생각이었다. 그런데 엄마가 바쁘다며 근처 가게에서 우산을 사라고 했다. 망설이다 아빠한테 전화했다. 아빠가 바쁘다면서 뛰어

가라고 했다. 비를 맞고 가는데 동민이 할머니가 같이 우산을 쓰자고 했다. 괜찮다고 뛰어갔는데 동민이가 부러웠다. 나도 우리 할머니가 있었으면 우산을 가져다주셨을 텐데. 시골에 있는 할머니가 보고 싶다.

재우의 일기를 보니 그날이 떠올랐다. 민속촌으로 현장 체험학습을 갔다가 학교로 돌아오는데 갑자기 비가 쏟아졌다. 제법 굵은 비가 내려 걱정하고 있는데 버스에서 내리자마자 누군가 내 이름을 불렀다. 할머니였다. 할머니가 우산을 가지고 뛰어오더니 내 손을 덥석 잡았다.

"잘 댕겨왔어?"

"응."

"아이고, 고생했네. 우리 손주."

할머니는 내 얼굴을 감싸고 쓰다듬더니 어깨를 토닥여 주었다. 다른 애들도 누군가 데리러 와서 함께 우산을 쓰고 집으로 돌아갔다. 나는 할머니 팔짱을 끼고 같이 우산을 썼다. 그런데 앞에 재우가 비를 맞으며 걸어가고 있었다. 내가 뭐라고 하기도 전에 할머니가 재우를 불렀다.

"어이, 학생! 같이 우산 쓰고 가. 우산이 좁아도 머리라도 피해야지." 하고 말이다. 그런데 재우는 괜찮다며 가방을 머리 위로 들고 뛰어갔다. 비를 쫄딱 맞으면서.

몰랐다. 재우가 나를 부러워했다니. 누군가가 나를 부러워할 거라는 생각은 단 한 번도 해본 적이 없었다. 난 남들이 부러워할 만한 게 하나도 없다고 생각했으니까.

그제야 다른 사람을 부러워하느라 내가 가진 건 보지 못했다는 생각이 들었다. 누구보다 나를 아껴주는 할머니가 곁에 있었는데…. 늘 가까이 있다 보니 소중한지도 모르고 잊고 있었다. 그저 비싼 옷을 입고 좋은 물건을 가지고 다니는 재우의 겉모습만 눈에 들어왔었다.

할머니를 생각하니 너무 보고 싶었다. 집에 오면 버선발로 반겨주고 고개 끄덕이며 내 얘기를 들어주던 할머니, 내가 아프면 밤새 배를 만져주며 옆에 꼭 함께 있어주던 할머니, 항상 우리 손자가 제일이라며 엉덩이를 토닥여 주시던 우리 할머니.

이젠 최신 게임기도 컴퓨터도 필요 없었다. 좋은 옷을 못 입고 명품 운동화를 못 신어도 상관없었다. 애들이랑 놀이동산에 자주 못 가고 밤새 게임을 못 해도 괜찮았다. 우리 할머니를 다시 볼 수 있다면.

나는 급히 이어폰을 뺐다. 여전히 밖에서는 엄마와 아빠가 다투는 소리가 들렸다. 나는 몸을 세우고 앉아 풍선껌을 꺼냈다. 마지막 풍선껌이었다. 나는 풍선껌을 꺼내려다 잠깐 멈칫했다.

'잘 생각해. 오동민! 이게 마지막이야. 정말로 살아보고 싶은 삶으로 살 수 있는 마지막 기회라고. 너보다 훨씬 잘 사는 애들이 또 있지 않아?'

이런 생각이 잠깐 들었지만 이내 고개를 저었다. 다른 삶이 좋아 보여도 직접 살아보니 누구나 힘들었다. 그러니 다른 애들과 괜히 비교하면서 열등감을 느끼고 불행해질 필요가 없었다. 그냥 내가 가진 것에 만족하며 즐겁게 살면 되는 거였다.

우리 할머니가 그랬다. 뚱뚱하고 못나도 오동민, 내가 제일이라고. 내가 만약 다른 사람이 된다면 누구보다 우리 할머니가 슬퍼할 거였다. 그리고 나 역시 이제는 그냥 내가 되고 싶었다. 평범하지만 그래서 더 좋은 나. 할머니가 제일 사랑하는 나, 바로 오동민 말이다.

나는 얼른 주황색 껍질을 벗기고 껌을 입에 넣고 오물거렸다. 오렌지 맛이 났다. 새콤한 맛에 침이 고였다.

'이제 다시 내가 되는 거야.'
나는 풍선껌을 크게 불었다. 할머니 얼굴이 떠올랐다. 풍선껌이 천천히 부풀더니 얼굴만큼 커졌다. 그리고 어느 순간 팡! 소리를 내며 터졌다.
나는 눈을 질끈 감았다.

신호등 할머니와 **풍선껌**

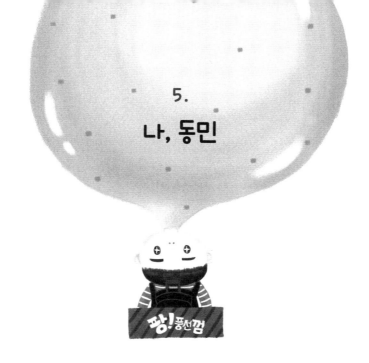

5.
나, 동민

눈을 떴다. 그런데 이럴 수가. 난 동민이가 아니었다. 그렇다고 재우도 아니었다. 마치 투명 인간 같았다. 사방이 하얀 벽이었다. 위, 아래 할 것 없이 나를 둘러싼 모든 공간이 온통 단단한 벽이었고 아무것도, 아무도 없었다.

'어? 이게 어떻게 된 거야? 왜 안 바뀌는 거야? 또 여긴 어디야?'

낯설고 차가운 기운에 등골이 서늘해졌다. 나는 손에 들린 풍선껌 통을 들여다보았다. 이제 풍선껌은 하나도 남아 있지 않았다.

'이젠 풍선껌도 없어. 그럼 난 다시 돌아가지 못하는 거야?'

가슴이 떨리고 소름이 돋았다. 무서웠다. 그럴수록 할머니가 더 보고 싶었다.

"할머니, 할머니이."

소리 내어 불렀는데 목소리가 밖으로 나오지 않았다. 마치 가위에 눌린 것처럼 입은 움직이는데 목소리는 내 몸 안에서만 맴돌았다. 덜컥 겁이 났다. 울어도 울음소리조차 나지 않았다.

'그래, 침착해야 해. 할머니가 그랬잖아. 호랑이한테 물려가도 정신만 차리면 된다고.'

나는 할머니 말을 떠올리며 마음을 진정시키려고 애썼다. 숨을 들이마시고 길게 내뱉었다. 여러 번 심호흡하자 마음이 조금 가라앉았다. 여전히 심장은 쿵쾅거렸지만, 머릿속이 점차 맑아지고 말똥말똥해진 기분이 들었다. 나는 차근차근 풍선껌을 받았을 때를 떠올렸다. 그러자 풍선껌을

내밀며 신호등 할머니가 했던 말이 번개처럼 뇌리에 스쳤다.

'특별한 풍선껌이니까 주의사항 잘 살펴보고~'

'맞아! 주의사항이 있다고 했어.'

나는 얼른 풍선껌 통을 살펴보았다. 지금까지 풍선껌을 먹었을 때 한 번도 문제가 있었던 적이 없어서 미처 그 생각을 하지 못했다. 풍선껌 통을 샅샅이 보니 그제야 겉껍질에 깨알처럼 적힌 작은 글씨가 눈에 들어왔다. 풍선껌을 먹고 다른 아이로 바뀌는 데에만 온 신경을 집중하느라 풍선껌 통에는 신경도 쓰지 않았는데. 나는 작은 글씨를 읽으려고 눈을 가늘게 찡그렸다. 그래도 글씨가 선명하게 보이지 않았다. 풍선껌 통을 옆으로 뜯어 쭈욱 하나로 펼치자 그제야 주의사항이라는 문구가 보였다.

〈주의사항〉

이 풍선껌은 특별한 껌으로, 내가 되고 싶은 사람을 바라보며 풍선껌을 불면 원하는 모습으로 바뀌게 됩니다. 단, 원래의 자신으로 돌아오기 위해서는 풍선껌을 먹은 후 24시간 안에 나를 기억하는 누군가가 나를 보며 이름을 불러주어야 합니다. 그렇지 않으면 영영 나를 잃어버린 채 살게 됩니다.

'영영 나를 잃어버린다고? 내가 누구인지도 모른 채 살아간다는 말이야?'

덜컥 겁이 났다. 끔찍했다. 그러고 보니 나를 둘러싼 하얀 공간이 이전보다 작아진 것 같았다.

'아, 어떡해? 이대로 할머니도 못 만나고 사라지는 거야? 엄마 아빠도 못 찾고 나 혼자 여기에 갇혀버리는 거냐고? 흐엉엉엉.'

울음이 터져 나왔다. 뚱뚱하다고 싫어했던 내 몸도, 놀린다고 짜증 냈던 내 이름도, 잘하는 것 하나 없다고 미워했던 내 모습까지도 빠짐없이 모두 다 되찾고 싶었다.

나는 벽을 밀어보았다. 차갑고 단단한 벽은 조금도 미동이 없었다. 주먹으로 쾅쾅 내려치고 온몸으로 부딪쳐도 아무 소용이 없었다.

　얼마나 그렇게 두드려댔을까? 이제는 몸에 힘이 하나도 남아 있지 않은 듯했다. 나는 철퍼덕 쓰러지듯 주저앉았다. 차가운 기운에 몸서리가 쳐졌다. 웅크리고 앉아 두 팔로 무릎을 감싸고 그 위에 얼굴을 묻었다. 투명한 얼굴에서 투명한 눈물이 자꾸만 방울방울 떨어졌다.

　'할머니! 엄마! 아빠! 나 여기 있어.'

　'내 이름은 오동민이야. 오동민.'

　나는 속으로 되뇌었다. 내 이름을 잃어버릴까 봐. 할머니와 엄마, 아빠를 영영 못 보게 될까 봐.

　하얀 벽이 나를 향해 조금씩 다가오는 것 같았다. 내 몸이, 내 얼굴이 점점 더 투명해져 형태가 사라지고 있었다.

　'이렇게 나를 잃어버리나 봐.'

　정신까지 자꾸만 몽롱해지는 것 같았다.

　"동민아! 동민아!"

　그때였다. 어디선가 내 이름을 부르는 소리가 들려온 건.

너무나 애타게 나를 찾는 익숙한 목소리.

'할…머니?'

무릎 사이 묻어둔 얼굴을 들었다. 그러자 선명한 흰빛이 번쩍이더니 순간, 나를 둘러싸고 있던 하얀 벽들이 와르르 무너져 내렸다. 투명했던 몸에 점차 색이 입혀지기 시작했다. 입에서 하얗고 기다란 숨이 뿜어져 나왔다. 난 잠시 멍해졌다가 두 눈을 깜박였다. 서서히 시야에 무언가가 들어왔다. 흐려졌던 형태가 점차 선명해졌다. 길게 드리운 나무 그림자와 벤치, 눈에 익은 운동 기구들.

'어? 여긴?'

소공원 벤치였다.

"동민아! 아이고, 찾았네, 찾았어."

소리 나는 쪽으로 고개를 돌렸다. 누군가 두 팔을 벌리고 황급히 뛰어오고 있었다. 할머니였다. 너무나 보고 싶었던 우리 할머니.

"할머니~!"

울음 섞인 목소리가 튀어나왔다.

"아이고, 동민아!"

할머니가 나를 꼭 안고 꺼이꺼이 울었다. 익숙한 할머니 냄새를 맡으며 나도 할머니를 꼬옥 껴안았다.

"너 어떻게 된 거야? 얼마나 걱정했는지 알아?"

할머니 뒤에서 엄마가 쏘아붙였다. 눈이 빨개져 있었다.

"엄마~."

엄마가 달려와 나를 끌어안았다. 눈물범벅이 된 채였다.

"난 네가 어떻게 된 줄 알고…."

엄마가 말을 다 잇지 못했다.

"됐다. 이제 찾았으니 됐어."

할머니가 내 얼굴을 연신 쓰다듬으며 눈시울을 붉혔다. 난 눈물, 콧물을 다 쏟아냈다.

"어두워졌는데 집에도 안 오고 학원에도 안 왔다고 해서 얼마나 놀랐는지 알아? 아무리 연락해도 안 받고. 아침에 괜히 수학 점수 얘기했나 싶어서 마음이 철렁했잖아."

손을 잡고 집에 오는 길에 엄마가 나를 보며 말했다. 울어서 코맹맹이 소리가 났다. 엄만 내가 수학 점수 때문에 혼날

까 봐 무서워서 집에 못 들어오고 있었다고 생각한 것 같았다.

"그런데, 어떻게 찾았어?"

나는 궁금해서 엄마를 보며 물었다.

"할머니랑 나와서 주변을 샅샅이 뒤졌지. 그런데 누군가 지나가면서 알려주더라고."

"누가?"

"처음 본 할머니였는데, 꽃무늬 블라우스에 주황색 선글라스를 끼고 있었지 아마. 암튼 너랑 비슷한 애가 소공원에 앉아 있는 걸 봤다고 알려주셔서 곧장 그리로 뛰어간 거야."

'주황색 선글라스?'

신호등 할머니가 분명했다.

"아이고, 아까 그 할머니 보고 을매나 놀랐나 모른다. 꼭 우리 엄니 같아서."

할머니가 눈을 크게 뜨고는 상기된 목소리로 말했다.

"할머니 엄마라고?"

"그려. 꽃무늬 블라우스에 청바지, 선글라스까지. 꼭 그

신호등 할머니와 **풍선껌**

모습이 엄니랑 똑 닮아서 깜짝 놀랐다니께. 어딘지 낯설지 않은 얼굴 하며. 그렇지 않아도 며칠 전 꿈에 나왔었거든."

"꿈에요?"

엄마가 놀란 목소리로 물었다.

"그려. 어렸을 때 고생만 했다면서 소원 한 가지 말하라잖어."

"그래서?"

나는 궁금해져 얼른 물었다.

"로또 번호라도 묻지 그러셨어요?"

엄마가 은근히 기대하는 목소리로 되물었다.

"나한테 로또는 우리 동민이 아니냐. 난 그저 우리 동민이가 행복한 게 제일 큰 소원이라고 했지. 우리 동민이가 행복하면 할미도 행복한께."

할머니가 내 얼굴을 보며 손을 꼭 잡았다.

"그래서 오늘 동민이도 찾았나 보네요. 어머님 꿈 덕분에."

엄마가 웃는 얼굴로 할머니를 보았다.

'정말 신호등 할머니가 우리 할머니의 엄마일까? 날 보고 처음 보는 것 같지 않다고 하셨는데…. 어딘지 모르게 우리 할머니랑 닮은 것도 같았고. 어쩌면 신호등 할머니는 처음 부터 이렇게 될 걸 다 알고 있었던 걸까?'

재미나게 살라며 손을 흔들어주던 신호등 할머니가 생각 났다. 신호등 할머니 덕분에 다시 나를 찾을 수 있어 고마웠 다. 이렇게 할머니와 엄마 손을 잡고 가는 게 꼭 꿈만 같았다.

집 대문 앞에 다다르니 초조해하며 서 있던 아빠가 나를 보자마자 달려와 와락 힘주어 안아주었다. 아빠도 놀라셨는 지, 신발까지 짝짝이로 신고 있었다.

"녀석아, 다시는 이러지 마. 알았어?"

난 아무 말 없이 아빠 품 안에서 고개를 끄덕였다.

누웠는데 잠이 오지 않았다. 하루였는데도 꽤 여러 날이 지난 기분이었다. 문득 하얀 방에 홀로 갇혀 있던 때가 생각 나 몸이 부르르 떨렸다.

"동민이 자니?"

신호등 할머니와 풍선껌

방문 밖에서 할머니 목소리가 들렸다.

"아니."

할머니가 들어와 침대 머리맡에 걸터앉아서는 내 머리를 천천히 쓰다듬었다.

"동민아, 오늘 많이 놀랐지?"

나를 바라보며 묻는 할머니 얼굴에 눈물이 다시 핑 돌았다. 할머니가 내 등을 토닥였다.

"동민이 너 없어진 줄 알고 할미 쓰러질 뻔했어. 알어? 할미한테는 동민이가 제일 소중하단 말이여."

나보다 할머니가 더 놀랐는지, 할머니는 하루 만에 핼쑥해 보였다. 그 모습이 죄송하기도 하고 고맙기도 했다. 그리고 궁금했다.

"할머니, 할머니는 내가 왜 좋아? 난 공부도 못하고 운동도 별로고 뚱뚱하고 못나기만 했는데."

내가 고개를 떨어뜨리자 할머니가 두 손으로 내 얼굴을 받쳐 올려 눈을 맞추었다. 그리고 눈가 주름을 접으며 미소를 띤 채 말했다.

"그런 게 뭐가 중요혀? 할미는 그냥 동민이가 동민이라서 좋지. 그라고 우리 동민이가 왜 못났어? 할미랑 시장 갈 때 무거운 짐 다 들어주지, 어디 가든 인사 잘하지, 거짓말도 안 하고 착하고 솔직하지. 할미는 동민이가 할미 손자라서 을매나 좋은지 몰러. 아무리 훌륭한 사람이 와봐라. 우리 동민이랑 바꾸나. 절대 안 바꾸지."

"할머니…."

코끝이 시큰해졌다. 할머니가 등을 토닥이며 안아주었다. 이 따뜻한 품이 얼마나 그리웠는지. 나도 할머니 허리를 꼬옥 안았다.

"참, 동민아. 할머니 다음 주에 '이야기 할머니' 시험 보러 간다."

할머니가 눈을 반짝이며 말했다.

"이야기 할머니?"

"응. 예전에 할머니 어렸을 때 꿈이 선생님이라고 했었지? 그런데 배운 것도 없고 학교를 댕겨본 적도 없었으니 언감생심 바랄 수도 없는 일이었지. 또 남들 앞에만 서면 덜

신호등 할머니와 풍선껌

덜 떨려서 아무런 말도 못 했고. 그런데 우리 동민이 태어났을 때부터 책도 읽어주고 이야기도 들려주고 그러다 보니 어느새 앞에 나와 말하는 게 괜찮아지더라. 동민이 네가 어찌나 이야기를 잘 들어주는지, 할머니가 그 덕에 용기가 났잖여.”

“진짜? 내가 이야기를 잘 들어줘?”

“그럼. 할미가 얘기할 때, 지금처럼 진짜? 정말? 그러면서 손뼉도 쳐주고 고개도 끄덕여 주잖어. 그게 얼마나 힘을 준다고.”

할머니 말을 듣고 보니 그랬다. 나는 누구와 이야기하든 눈을 마주 보고 귀담아 잘 듣는 편이었으니까. 그게 다른 사람에게 힘이 되는지는 잘 몰랐지만 말이다.

“그런데 동민아, 동민이가 할미 얘기 잘 들어준 것처럼 여기 동민이 네 얘기도 잘 들어줘야 해.”

할머니가 내 눈을 지그시 보더니 살포시 내 가슴 가운데에 손을 대며 가만가만 말했다.

“내 얘기?”

"그랴, 네 얘기. 귀담아 네 얘기를 들어주고 가끔은 잘한 다고 칭찬도 해주고, 또 괜찮다고 응원도 해주고 그려야 혀. 할미한테만 하지 말고 너 스스로한테도 많이 하라고. 나는 동민이가 자신을 많이 아끼고 소중하게 여겼으면 좋겠어. 할미가 동민이를 사랑하는 것처럼 말이여. 아까 말했지? 동 민이가 행복해야 이 할미도 행복하다고."

할머니가 주름이 튀어나온 뭉툭한 손으로 내 손을 잡았 다. 할머니의 온기가 그대로 전해졌다.

할머니 말을 들으니 그동안 한 번도 나 자신에게 잘한다 는 말도, 괜찮다는 위로도 해본 적이 없었다는 걸 알게 되었 다. 오히려 다른 애들한테는 내 이름 가지고 놀리지 말라고 화내고, 함부로 무시하지 말라고 소리쳐 놓고선 정작 내가 나에게 화내고 실망했던 때가 더 많았다. 내 모습이 초라하 고 부끄러워 다른 사람을 부러워하고, 다른 사람으로 살고 싶어 했던 내가 떠올랐다.

그렇게 생각하니 나, 오동민한테 미안했다. 어쩌면 나를 가장 사랑해야 하는 사람은 나일 텐데, 왜 이제야 그런 생각

이 드는 건지.

나는 할머니를 보고 미소를 지으며 고개를 끄덕였다. 할머니가 날 사랑해 주시는 것처럼 이제 나도 내 모습 그대로를 아끼겠다는 다짐이었다.

"할머니, 이야기 할머니에 도전하는 거 엄청 멋져. 내가 응원할게."

나는 한껏 밝은 목소리로 말했다. 정말로 할머니의 도전을 힘차게 응원하고 싶었다.

"동민이 응원을 받으니까 엄청 기운이 나는데?"

할머니가 두 주먹을 살짝 위로 들어 올리며 빙그레 웃었다.

"동민아, 잘하는 거 없다고 주눅 들거나 걱정할 거 하나도 없어. 일흔 살에 시작하는 이 할미도 있잖아. 그치?"

할머니가 입가에 세로로 주름을 만들며 미소 지었다.

"응. 할머니."

나도 씩씩하게 대답했다. 이렇게 할머니와 마주 앉아 얘기할 수 있어서 얼마나 좋은지. 다시 오동민이 될 수 있어서 정말 다행이었다.

"피곤할 텐데 어여 자. 할미가 오랜만에 동민이 잘 때까지 옆에 있어줄 테니께."

할머니 말에 스르르 눈을 감았다. 할머니가 따뜻한 손으로 내 어깨를 가만가만 쓸어주었다. 이렇게 할머니 옆에서 잠잘 수 있다니. 오늘은 꿈도 꾸지 않고 아주 깊게 잠들 것 같았다.

"동민아, 일어나."

엄마 목소리가 들렸다. 깜박 잠든 것 같았는데 벌써 아침이라니. 눈이 안 떠져 침대 안에서 뒹굴거렸다.

"오동민! 안 일어나? 벌써 다섯 번도 넘게 불렀어."

엄마가 다시 내 이름을 불렀다. 조금은 짜증이 섞인 목소리다. 그런데 이상하게도 싫지 않았다. 아니, 다시 들을 수 있어서 좋았다.

나는 침대에서 일어나 화장실로 갔다. 세수하고 무심코 고개를 들었는데 세면대 거울에 내 얼굴이 비쳐 보였다. 평소에는 마음에 안 들어 바로 고개를 돌려버리곤 했지만, 오늘은 찬찬히 내 모습을 들여다보았다. 동글동글한 얼굴에 통통한 볼, 약간 꼬불꼬불한 머리카락에 그리 오똑하지 않은 코. 웃으면 한쪽에만 생기는 보조개까지. 할머니는 내가 아빠 어렸을 때랑 똑같이 생겼다며 귀엽다고 말하곤 하셨는데, 오늘은 왠지 그 말이 전혀 틀린 것 같지는 않았다.

'그래, 이 정도면 괜찮은 편이지 뭐.'

그렇게 생각하자 정말로 내가 조금은 더 괜찮게 느껴졌다. 살짝 옆으로 보면 할머니 말처럼 통통한 볼 때문에 귀엽게 보이는 것도 같았다.

'휴~ 이런 모습을 잃어버릴 뻔했다니.'

나는 가슴을 쓸어내리며 두 손으로 내 볼을 톡톡 두드렸다.

식탁 위에 엄마가 만든 된장국과 반찬이 있었다. 그런데 이상하게 맨날 먹었던 국인데도 오늘따라 더 맛있었다. 나는 한술 크게 떠 입에 넣었다.

"엄마, 된장국 맛있어."

"그래?"

엄마가 웬일이냐는 얼굴로 쳐다보더니 기분이 좋은지 콧

노래를 흥얼거렸다.

"동민이 잠은 잘 잤냐?"

할머니가 방에서 나오며 물었다.

"응, 할머니."

"동민아, 이따 학교에서 오면 이야기 좀 들어주련? 대회 나갈 이야기 좀 골라야겠어."

할머니가 내 옆에 앉으며 말했다.

"당연하지. 내가 들어보고 제일 재미난 걸로 골라줄게."

"그려. 우리 동민이가 있으니까 얼마나 든든한지 몰러."

할머니가 어깨를 토닥이며 웃었다.

난 가방을 메고 실내화 가방을 들었다.

"잘 다녀와."

엄마가 짧게 한마디 했다.

"엄마, 그게 다야?"

"응?"

"학교 가서 선생님 말씀 잘 듣고 친구랑 사이좋게 지내고 학교 끝나면 바로 학원으로 가라고 말해줘야지."

"뭐? 너 잔소리 듣기 싫다며?"

"그냥 오늘은 듣고 싶네."

"어머."

엄마가 놀란 표정을 짓더니 은근히 기분 좋은 얼굴이 되었다.

"엄마, 그리고 나 오늘 수학 보강하고 올 거야."

"하기 싫다면서?"

"아니야, 해볼래. 공부 잘하는 거, 운동 잘하는 거 원래 타고난 거라고 생각했거든. 근데 내가 살아보니까 그 애들 모두 엄청 열심히 하는 거더라고. 그래서 나도 한번 열심히 해보려고."

"네가 살아봤다고?"

엄마가 놀란 얼굴이 되어 물었다.

"그냥 그런 게 있어. 할머니, 엄마! 학교 갔다 올게."

"그래, 다녀와."

엄마가 손을 흔들었다.

"우리 동민이, 조심히 잘 댕겨 오니라."

할머니가 미소를 지으며 문이 닫힐 때까지 손을 흔들었다.

환하게 웃으며 배웅해 주는 엄마와 할머니를 보는데 괜스레 웃음이 났다. 늘 있었던 일상이 이렇게 행복한 일이었다니.

나는 기분 좋게 집을 나섰다. 환하고 포근한 햇살이 응원하듯 내 등을 토닥여 주었다.

뚱뚱하고 못생긴 오똥민이 좋아!

"아이고, 동민이가 오늘은 지각을 안 하겠네."

목소리가 나는 곳을 보니 평소에 교통 봉사를 해주는 할머니가 있었다. 어제 만났던 신호등 할머니는 보이지 않았다.

"안녕하세요. 그런데 어제 오셨던 할머니는요?"

"어제? 아, 내가 아파서 대신 온 사람이 있다고 하던데. 잘 모르겠네."

신호등 할머니한테 묻고 싶은 게 있었는데 아쉬웠다. 무엇보다 다시 나로 돌아올 수 있게 해주셔서 감사하다고 말씀드리고 싶었는데.

그나저나 신호등 할머니가 정말 우리 할머니의 엄마일까? 그럼 증조할머니? 설마. 내가 생각해도 엉뚱하고 어이없어 피식 웃음이 났다.

"야, 오똥민! 같이 가."

횡단보도를 건너 걷고 있는데 창수가 뛰어왔다. 창수가 가까이 올 때까지 기다렸다.

"어? 너 내가 똥민이라고 불렀는데 화 안 내?"

내가 평소와 달리 웃고 있자 창수가 고개를 갸웃거리며 물었다.

"동민이건 똥민이건 이름을 다시 들을 수 있어서 좋기만 한걸? 이름이 있다는 건 내가 살아있다는 거잖아. 우리 할머니가 지어준 건데 절대 잃어버리면 안 되지. 그러니까 많이많이 부르라고. 알았지?"

"에이, 뭐야? 재미없게."

창수가 맥 빠진 목소리로 말했다. 그 모습이 웃겨 픽 웃음

  신호등 할머니와 **풍선껌**

이 나왔다. 가다 보니 앞서 걷고 있던 희수가 보였다. 창수도 희수를 봤는지 부러운 듯 말했다.

"야, 희수 구독자 더 늘었대. 광고도 하나 더 찍는다고 하더라."

"그래? 잘됐네. 나도 희수 채널 구독했는데."

"진짜? 너 별 관심 없다더니."

"보니까 희수 채널 재미있더라고. 애들이 관심 있을 만한 콘텐츠도 많고 영상도 고퀄인 게, 확실히 노력한 게 보이더라니까. 왜 구독자가 많은지 알겠더라."

웬일이냐는 얼굴로 창수가 쳐다보았다. 그동안은 부러워서 희수 채널 재미도 없고 별로라고 했던 내가 그렇게 말하는 게 신기했나 보다.

"그리고 정우, 초등 의대반인가? 암튼 엄청나게 어려운 테스트에 통과했대. 걔는 시험만 봤다 하면 어떻게 다 통과인지 몰라. 아마 머릿속에 정답을 알려주는 AI가 들어 있을 거야. 그렇지 않으면 어떻게 그렇게 공부를 잘할 수 있겠냐? 참, 며칠 전에는 우리 엄마 미술학원에도 온 거 알아?"

"미술학원?"

"응. 정우가 테스트 통과하고 일주일에 딱 한 시간만 미술학원 다니기로 엄마 설득했대. 우리 엄마가 그러는데 정우는 그림도 잘 그리더라면서 어떻게 못하는 게 없냐고 하는 거 있지? 괜히 나만 또 눈치 보여 혼났다니까?"

정우가 그림을 그리게 되었다니 반가웠다. 무엇보다 정우가 하고 싶은 걸 엄마에게 말하고, 엄마가 그 얘기를 들어주었다는 사실이 좋았다.

"연호도 이번 육상대회 단체전에서 메달 받는다고 하더라. 재우는 또 핸드폰 바꿨고. 완전 최신형으로. 에휴."

창수는 쉬지 않고 떠들어대더니 끝에는 가늘게 한숨을 쉬었다.

"그런데 웬 한숨?"

"넌 안 부러워?"

"부러웠지, 나도 몰랐으니까."

"뭘?"

"정우가 얼마나 치열하게 공부하는지, 연호는 또 얼마

나 힘들게 훈련을 받는지 말이야. 희수도 채널에 영상 하나 올릴 때마다 밤새워 영상 찍고 편집하고. 말도 마, 얼마나 고생하는데. 그리고 겉으로 보면 다 좋은 일만 있어 보이지? 그것도 아니더라니까."

내 말에 창수가 반쯤은 얼이 빠진 얼굴로 물었다.

"야, 너 꼭 걔들이 되어본 것처럼 말한다?"

나는 아무 말 없이 씩 웃었다.

"보면 알지. 노력 없이 뭐 되겠냐? 그러니까 부러워하지 말고 너도 너 잘하는 거에나 집중해."

"내가 잘하는 거? 그게 뭔데?"

"애들 소식 제일 빨리 알려주는 거. 꼭 기자같이 말이야."

"이야, 내가 되고 싶은 게 기자인데, 어떻게 알았냐? 벌써 기자가 될 모습이 보이는 건가? 히히. 그럼, 난 또 새로운 소식을 찾으러 먼저 간다."

우울했던 얼굴이 한껏 들뜬 표정으로 바뀌더니 창수가 앞으로 뛰어갔다. 그러다 몇 걸음 안 가서 뒤돌아보더니 말했다.

"참, 한 가지 소식 더. 재우네 할머니 시골집 정리하고 일주일 뒤에 올라오신대. 어제 재우가 그러더라. 그래서 이제 학교 끝나면 못 놀 거래. 난 속상해 죽겠는데 재우는 엄청 좋아하더라."

재우도 나처럼 그리워했던 할머니를 다시 만나게 된다니 기분이 좋았다. 난 창수를 향해 '역시' 하는 표정으로 엄지를 치켜세웠다.

국어 시간이 되자 선생님이 나를 앞으로 불렀다.

"동민이 잘하는 거나 좋아하는 거 찾아봤니? 오늘 발표하기로 했지?"

"네."

"뭘까 궁금한데?"

선생님 물음에 애들이 동시에 나를 쳐다봤다.

"누군가 이야기할 때 잘 들어주는 거요."

뒷머리를 긁적이며 대답했다. 말하고 나니 조금 걱정이 됐다. 별것 아닌 일이라고 할까 봐 조마조마한 마음에 침을 한 번 꿀꺽 삼켰다.

"우와, 그거 엄청 대단한 능력인데? 어떤 일을 하든 꼭 필요한 거거든. 선생님도 갖고 싶은 능력이고. 동민이 제법인걸."

선생님이 활짝 웃었다.

"맞아. 동민이는 내 얘기도 잘 들어줬어."

"저번에 내가 발표할 때도 동민이가 잘했다고 해줬는데."

"나도 동민이랑 이야기할 때는 말이 길어지는데."

여기저기서 애들이 두런거렸다. 정우나 연호, 희수, 재우가 아닌 진짜 내 모습으로 인정받는 기분이 좋았다. 그동안 나는 잘하는 게 하나도 없다고 생각했는데…. 이렇게 하나씩 내 안에서 좋은 점들을 발견해 가다 보면 내가 좋아하는 것, 되고 싶은 것도 찾을 수 있을 거란 생각이 들었다.

수업이 끝나고 집에 가는데 민지가 나를 불렀다.

"동민아, 너 혹시 또래 상담부 들어올래?"

"또래 상담부?"

"응. 다음 주부터 등교 맞이 행사 준비해야 해서 상담 선

생님이 애들 더 뽑는다고 했거든. 선생님이 괜찮은 애 추천
하라고 해서 너 말해보려고."

"나…를?"

"네가 이야기 잘 들어주잖아. 상담할 때 제일 필요한 게
이야기를 잘 듣고 공감해 주는 거라고 했거든."

민지에게 이런 말을 듣다니…. 쑥스러웠다. 얼굴이 홍당
무처럼 붉어졌다.

"음… 그래! 할게."

난 조금 망설이다 대답했다. 이전 같았으면 바로 고개를
저었을 거다. 뭔가 시작해야 할 때마다 난 할 수 없을 것 같
고, 겁부터 났으니까. 그런데 지금은 아니었다. 일흔 살에도
이야기 할머니에 도전하는 우리 할머니처럼, 나도 뭐든 마
음먹으면 할 수 있을 것 같다는 생각이 들었다. 그리고 잘하
지 못해도 괜찮을 것 같았다. 누구나 실수하고 그러면서 배
워가는 거니까.

"좋아. 그럼 너 추천한다. 잘 가."

민지가 미소 지으며 손을 흔들었다.

"응. 너도."

나도 민지를 따라 손을 흔들었다. 살짝 부끄러워 표정이 조금 어색했지만, 기분이 좋았다.

"동민아, 오동민! 잘했어!"

난 처음으로 나에게 칭찬의 말을 건넸다. 그리고 내 머리를 천천히 쓰다듬었다. 뭔가 모를 뿌듯함과 행복함이 차올랐다. 눈부시게 파란 하늘을 올려다봤다. 신호등 할머니가 환하게 웃으며 손을 흔들고 있는 것 같았다.

신호등 할머니와
풍선껌